MERLINS LETZTER KAMPF

MERLINS MAGISCHE ABENTEUER
BAND 3

MOLLY FITZ

KATZENGEHEIMNISSE

ÜBER DIESES BUCH

Als mein Kater mir eines Tages einen toten Vogel als Geschenk vor die Füße legte, rümpfte ich ein wenig die Nase.

Als dieser tote Vogel plötzlich wieder zum Leben erwachte, schrie ich laut auf.

Zunächst tat ich es als eines der vielen merkwürdigen Vorkommnisse ab, die einen eben erwarten, wenn man mit einem magischen Kater zusammenlebt, aber je öfter es geschah, desto skeptischer wurde ich.

Wie sich herausstellt, versammelt eine vertraute Feindin eine Armee von Untoten um sich, mit der sie uns in die Knie zwingen will. Aber Merlin und ich werden uns ihren bösen Absichten nicht beugen … vor allem nicht, wenn dadurch die Existenz der magischen Welt auf dem Spiel steht!

Denn wenn die Magie stirbt, wird jedes magische Wesen mit ihr sterben.

Nein, ich lasse ganz sicher nicht zu, dass mein Kater Opfer dieses finsteren Krieges wird. Ich bin bereit, mich den fiesen Zombiescharen und unserer mächtigen Erzfeindin zu stellen. Nichts wird Merlin und mich auseinanderbringen – dafür bin ich bereit, alles zu geben.

ANMERKUNG DER AUTORIN

Hallo. Danke, dass du dieses Buch gekauft hast. Wenn du ebenfalls ein großer Fan von spannenden, schrägen Tierkrimis bist, sollten wir unbedingt Freunde werden.

Wie wäre es, wenn du direkt einmal meine Facebook-Seite besuchst, die ich speziell für meine treuen deutschen Leser eingerichtet habe? Hier der Link dazu: **Facebook.com/Katzengeheimnisse**

Oder melde dich für meinen Newsletter an und sichere dir als Abonnent gratis ein digitales Geschenkpaket, einschließlich einer exklusiven Kurzgeschichte über Octocat: **Katzengeheimnisse.com/Abonnieren**

Ich bin sicher, wir werden eine Menge

Spaß miteinander haben. Also schnell umblättern ...

Wir sehen uns dann auf der nächsten Seite.

MOLLY

1

Hallo allerseits, ich bin Gracie Springs, eine Mittzwanzigerin, die sich durch einen Job als Barista die Uni finanziert. Eigentlich hätte ich meine Masterarbeit schon vor Monaten fertig schreiben sollen, aber bisher fehlte mir einfach die Zeit.

Das kann man mir aber nun wirklich nicht zum Vorwurf machen. Im Ernst, versuchen Sie doch mal, als menschliche Vertraute eines magischen Katers zu arbeiten, auf den es mindestens zwei gefährliche Todfeinde abgesehen haben, und dann will ich sehen, wie Sie mit Ihrem Alltag klarkommen.

Seit mein Maine Coon Merlin mir seine Zauberkräfte offenbart hat, ist ständig jemand hinter mir her.

Als ich in die Kleinstadt Elderberry Heights in Georgia zog, wohnte ich zunächst mit meinem stinknormalen Kater in dem Haus, das meine Großmutter mir schenkte, weil sie sich auf den Florida Keys zur Ruhe setzen wollte. Mittlerweile haben sich auch noch Merlins schwangere Katzenfrau Luna sowie deren ehemalige Vertraute, ein missmutiges, fieses Gespenst namens Virginia, zu uns gesellt.

Langsam wird es etwas eng hier, und dabei sind die Kätzchen noch nicht einmal geboren!

Ach, und was das Beste ist?

Ich bin eine Nachfahrin von König Artus, und mein magischer Kater entstammt der Ahnenlinie keines Geringeren als des ursprünglichen Merlins!

Nein, nicht der menschliche Schwindler, den alle aus der Sage zu kennen glauben, sondern der echte Zauberer, der zufällig auch ein Kater war.

Aufgrund dieser Vergangenheit besteht zwischen Merlin und mir ein beinahe unzerstörbares Band. Außerdem macht es uns zur Zielscheibe zahlreicher Feinde.

Unsere Hauptgegnerin, Dash, hat sich zwar seit einer Weile nicht mehr blicken lassen, aber wir sind fest davon überzeugt, dass sie irgendwelche fiesen Pläne ausheckt und bald wieder zuschlagen wird.

Was genau sie eigentlich von uns will, weiß ich

nicht. Und ehrlich gesagt habe ich Angst, es herauszufinden.

Je mehr ich über die Welt der Zauberei erfahre, desto weniger verstehe ich sie. Ich selbst kann keine Magie wirken, sie aber wie ein Speicher in mir sammeln. Das ist genau genommen auch meine Hauptaufgabe als Merlins Vertraute: ein wandelndes Behältnis für seine überschüssige Magie zu sein. Wäre mein Kater ein ganz normaler Zauberer, hätte sich unsere Verbindung bei Weitem nicht so dramatisch auf mein Leben ausgewirkt.

Aber da er nun mal alles andere als normal ist, stürzen wir praktisch von einer gefährlichen Situation in die nächste.

Ich will mich wirklich nicht beschweren, da es mir eigentlich Spaß macht, ihm zu helfen. Irgendwer muss den Schurken ja Einhalt gebieten.

Warum also nicht ich?

Berühmte letzte Worte, ich weiß …

„Aaah! Warum ich?", kreischte ich auf, als Merlin mir einen toten Vogel vor die Füße legte, während ich mir meinen morgendlichen Kaffee brühte.

„Das ist ein Geschenk", erklärte mein flauschiger Maine Coon würdevoll. Meine Reaktion auf seine groteske Geste schien ihn nicht sonderlich zu berühren.

Ich verzog das Gesicht und blickte auf das leblose Federtier auf dem Boden. „Warum sollte ich etwas Derartiges haben wollen?"

„Warum nicht?", entgegnete er. Sein Schwanz begann ungeduldig zu zucken. „Und woher willst du wissen, dass du es nicht magst, wenn du es nicht zumindest probierst?"

Diese Situation war wieder einmal der Beweis dafür, dass man sich nicht gegenseitig verstand, nur weil man miteinander sprechen konnte.

„Äh, danke", sagte ich und beugte mich hinunter, um mein „Geschenk" näher zu betrachten. Irgendwie musste ich es unauffällig loswerden, sobald er abgelenkt war. Aber das Problem war, dass Merlin seine Augen und Ohren stets überall zu haben schien.

„Siehst du, war doch gar nicht so schwer", erwiderte er mit dem Anflug eines selbstgefälligen Grinsens.

Gerade versuchte ich mir zu überlegen, was ich tun sollte – gar nicht so einfach ohne meine erste Ladung Koffein –, als der Vogel plötzlich wieder zum Leben erwachte.

Ich schrie auf und stolperte rückwärts, bis ich unsanft auf dem Hintern landete.

„Keine Panik, Gracie!", rief Merlin, der bereits zum Sprung ansetzte. „Ich beschütze dich vor diesem gefiederten Feind!"

Perplex sah ich zu, wie er in die Luft sprang, sich den Vogel mit seinen spitzen Fangzähnen schnappte und mit einem eleganten Bogen wieder auf dem Linoleumboden landete.

„Hätte schwören können ... dass er ... tot ist", murmelte er mit vollem Mund. Dann biss er zu meinem Entsetzen kräftig zu, dass die Knochen knirschten.

Ach, das arme, kleine Rotkehlchen!

Abermals legte Merlin den nun eindeutig toten Vogel zu meinen Füßen ab und begann, sich ausgiebig zu putzen.

Ich wusste nicht, was ich sagen sollte. Ein weiteres Dankeschön brachte ich nicht über die Lippen, aber natürlich konnte ich meinen Kater auch nicht für sein natürliches Verhalten tadeln.

Während ich weiterhin verdutzt auf den Vogel starrte, begann er wieder zu zucken. Erst kaum merklich mit der Flügelspitze, dann öffnete er plötzlich eines seiner kleinen, schwarzen Augen.

Langsam wich ich zurück, bis ich mit dem Rücken gegen den Kühlschrank stieß.

„Das lässt du mal schön bleiben!", fauchte Merlin

und stürzte sich auf das Rotkehlchen, bevor es erneut in die Luft fliegen konnte.

Diesmal biss er so fest zu, dass er dem armen Tier das Genick brach und der Kopf in einem unnatürlichen Winkel herunterhing.

Ich holte tief Luft und hoffte, ein derartiges Schauspiel nie wieder in meiner Küche erleben zu müssen. Selbst ohne Kaffee war ich nun hellwach … und zweifellos fürs Leben gezeichnet.

„Ist er jetzt wirklich tot?", flüsterte ich nach einem Moment des Schweigens, besorgt, meine Stimme könnte den Vogel erneut zum Leben erwecken, wenn ich nicht leise genug war. Sofern Merlin ihn diesmal endgültig getötet hatte.

Wir beobachteten fassungslos, wie der kleine Federhaufen sich wieder regte.

So hatte ich meinen Tag eigentlich nicht beginnen wollen!

2

„Warum stirbt er denn nicht?", rief ich und richtete mich hastig wieder auf.

„Da muss dunkle Magie im Spiel sein", erklärte Merlin, bevor er sich erneut auf den irgendwie-toten-aber-auch-nicht Vogel stürzte. „Geh und sag Luna Bescheid. Ich kümmere mich um diesen Quälgeist!"

Das ließ ich mir nicht zweimal sagen. Ich rannte schnurstracks aus der Küche und zur Haustür hinaus, ohne mir ein Paar Schuhe anzuziehen. Der Morgentau durchnässte meine Socken, aber ich achtete nicht weiter darauf. Keinesfalls wollte ich im Haus sein, während Merlin mit dem monströsen Federvieh in der Küche kurzen Prozess machte.

Ich lief nach hinten in den Garten, wo Luna sich

auf dem Rasen sonnte. Während ihrer Schwangerschaft hatte sie einen Großteil ihrer Zeit im Freien verbracht. Ich hatte ihr sogar geholfen, ein paar Blumen und Kräuter anzupflanzen, damit sie sich mehr wie zu Hause fühlte.

Als sie mich erblickte, rollte sie sich trotz ihres beachtlichen Bauches elegant und geschmeidig auf die Pfoten.

Die Kätzchen konnten jeden Augenblick kommen. Nachdem Merlin und Luna festgestellt hatten, dass sie Nachwuchs erwarteten, gaben sie mir eine Woche Zeit, um eine Hochzeit für sie auf die Beine zu stellen. Da der heilige Bund der Ehe den Menschen viel mehr bedeutete als ihren Vierbeinern, sollte ich mich ihrer Meinung nach um alles kümmern. Das lag nun mehrere Wochen zurück. Nach ihren kurzen Flitterwochen kehrten die Frischvermählten in den ganz normalen Alltag zurück ... so normal das Leben mit zwei sprechenden Katzen und einem Geist eben sein kann.

Beinahe glaubte ich schon, wir hätten endlich Ruhe vor den magischen Bösewichten, aber das rebellische Rotkehlchen in meiner Küche überzeugte mich irgendwie vom Gegenteil.

„O weh", sagte Luna, als sie meinen besorgten Gesichtsausdruck bemerkte. „Ich habe Merlin ja gesagt, dass dir sein Geschenk nicht gefallen würde, aber er hat darauf bestanden. Er fand, du seist seit Virginias Einzug nicht mehr du selbst gewesen, daher wollte er dir beweisen, wie viel du uns bedeutest."

„Das ist eigentlich ein total lieber Gedanke", erwiderte ich mit dem Anflug eines Lächelns, während ich mir die schmerzende Kehrseite rieb. „Aber du hast recht, der Vogel war eine miese Idee. Vor allem, weil er einfach nicht tot zu kriegen ist."

Luna riss die blauen Augen auf und legte die Ohren an. „Was meinst du damit?", flüsterte sie.

„Jedes Mal, wenn wir glaubten, er sei tot, erwachte er wenige Sekunden später wieder zum Leben. Ich bin mir ziemlich sicher, dass Merlin ihm sogar das Genick gebrochen hat, aber selbst das hat nichts geholfen." Bei der Erinnerung durchfuhr mich ein Schauer ... Der Anblick würde mich garantiert noch in meinen Albträumen heimsuchen. „Ich glaube, ich bin ab heute Vegetarierin."

„Mach keine Scherze über so etwas Schreckliches!", fauchte Luna.

„Was genau davon hältst du für einen Scherz?", fragte ich sie ungläubig.

Sie betrachtete mich einen Moment lang. „Meine Güte, du meinst es ernst, nicht wahr?"

„Todernst", presste ich hervor. „Oder, besser gesagt, untot ernst."

„Damit haben wir es allem Anschein nach zu tun", erwiderte Luna und nickte grimmig.

„Du meinst doch nicht etwa ...?" Ich brachte den Satz nicht einmal zu Ende. Die Idee erschien mir zu irrwitzig.

„Zombies", bestätigte sie meinen schrecklichen Verdacht.

„Aber wie kann das sein?", platzte es aus mir heraus. Verflixt, warum hatten wir immer so ein Pech? Obwohl mir diese Angelegenheit weniger eine Frage des Glücks zu sein schien.

„Nicht das *wie*, sondern das *warum* macht mir Sorgen", erklärte Luna.

„Jetzt bin ich aber neugierig."

Wortlos starrte sie in Richtung Haus.

„Wie genau entstehen Zombies, Luna?", hakte ich nach.

Kurz blinzelte sie in die Sonne, dann wandte sie sich mir zu. „Also, du weißt ja, dass Katzen sieben Leben besitzen, stimmt's?"

„Klar", versicherte ich ihr ungeduldig, obwohl ich eigentlich immer angenommen hatte, dass es sich dabei lediglich um eine Redewendung handelte. Diesbezüglich musste ich später noch einmal genauer nachfragen, wenn wir nicht gerade einen Zombie in der Küche hatten.

„Das gilt nicht für alle Katzen, nur für uns Hexen. Wir sind nicht unsterblich, aber uns werden zusätzliche Leben gewährt."

„Okay", erwiderte ich nickend. „Das klingt logisch."

„Wir können unsere Leben auf andere übertragen. Dazu ist ein komplizierter, aber relativ bekannter Zauberspruch nötig. Normalerweise wird er für gute Zwecke verwendet, wie etwa, um die Leben zwischen sich und einem Partner aufzuteilen."

„Aber bei dem Vogel, den Merlin mir gebracht hat, ist das nicht so?", mutmaßte ich.

„Nein", antwortete sie und ließ den Blick in die Ferne schweifen. „Es gibt auch eine abgewandelte Version des Zaubers, mit dem man Tote wieder zum Leben erwecken kann."

„Aber der Vogel ist doch eben erst gestorben. Ich habe es genau gesehen."

Luna blickte äußerst besorgt drein, was mich nicht sonderlich beruhigte. „Ja, das bedeutet, dass irgendjemand, der dunkle Magie praktiziert, ganz in der Nähe sein muss."

„Glaubst du, er oder sie wird noch mehr Zombies kreieren?"

„Der erste war bestimmt kein Unfall, daher glaube ich schon, dass noch weitere folgen werden."

„Aber warum sollte jemand all seine Leben aufs Spiel setzen, nur um uns einzuschüchtern?" Das war es, was ich nicht verstand. Auch wenn wir den Vogel nicht töten konnten, waren wir doch um einiges größer und stärker als er und somit in der Lage, ihn auf andere Weise zu bezwingen.

„Das ist es, was mir die meisten Sorgen bereitet", flüsterte Luna. „Die wirklich bösen Magier unter uns – diejenigen, die sich nicht davor scheuen, einen Zauber wie diesen zu wirken – können auch Gedanken und Willen anderer kontrollieren. Womöglich hat der Schurke sich eine ganze Armee hilfloser Hexen gefügig gemacht, von denen jede eine Schar Zombies befehligt."

Seufzend fuhr ich mir mit der Hand durchs Haar. „Also sieht es übel für uns aus, was?"

„Richtig übel", presste Luna hervor, als fürchtete sie sich, die Worte auszusprechen.

Dabei war sie doch die Mutigste von uns. Wenn diese Zombie-Situation sie dermaßen erschreckte, mussten wir uns auf etwas wirklich Schlimmes gefasst machen.

Dieser Tag wurde einfach nicht besser …

3

„Jetzt, da du weißt, womit wir es zu tun haben, sollten wir Merlin mit dem untoten Ding nicht länger allein lassen", rief Luna und flitzte um das Haus herum zur Vordertür.

Ein wenig zögerlich folgte ich ihr. Ein Zombie-Vogel allein konnte nicht viel anrichten, aber eine ganze Schar von ihnen? Kein Wunder, dass Hitchcocks Horrorfilm über diese Viecher sich zu einem immerwährenden Kultschocker etabliert hatte.

Als ich die Küche betrat, sah ich, wie Luna Merlin besorgt umrundete und inspizierte. „Bist du sicher, dass er dich nicht gekratzt hat?"

Merlin schüttelte sein fluffiges Fell. „Selbst wenn, könnte mir das nichts anhaben. Der Lebenübertragungszauber kann nicht durch Dritte gewirkt werden. Wenn jemand mich in einen Zombie verwandeln möchte, muss er das von Angesicht zu Angesicht tun."

Luna maunzte betrübt. „Genau das bereitet mir ja solche Angst, mein Lieber."

Er rieb sein Gesicht gegen ihres. „Mach dir keine Sorgen um mich, Schatz. Konzentrier dich lieber auf unsere Babys in deinem Bauch, um alles andere kümmere ich mich."

Luna kniff die Augen zusammen und peitschte genervt mit dem Schwanz. So sehr sie Merlin auch liebte, gefiel es ihr gar nicht, wenn er sie von unseren Abenteuern ausschloss. Als sie noch ihre eigene Magie besaß, war sie die mächtigere von beiden gewesen, und manchmal schien es so, als ob sie es ein wenig bereute, ihre Kräfte für ihn aufgegeben zu haben ... vor allem, wenn es darum ging, Geister zu bekämpfen oder seltsame Geräusche in der Nacht zu untersuchen.

„Luna hat mich über die magische Komponente dieser Situation aufgeklärt", berichtete ich meinem Kater. „Ich glaube, das meiste davon verstehe ich, aber was ist jetzt mit dem Vogel passiert?" Das verfluchte Vieh war nirgends zu sehen.

Merlin durchquerte die Küche und ließ sich vor mir nieder. „Ich habe unseren Feind auf die bestmögliche und bekömmlichste Art besiegt." Er hielt inne und reckte stolz die Nase in die Luft.

„Du …"

„Ich habe ihn gefressen!", verkündete er mit weit aufgerissenen Augen. „Eigentlich mag ich kein korrumpiertes Fleisch, aber einem geschenkten Gaul schaut man nicht ins Maul. Außerdem musste ich ihn ja irgendwie loswerden. So wird er wenigstens nicht zurückkommen."

Ich erschauderte bei dem Gedanken an das untote Flattervieh in seinem Magen. *Igitt!*

„Aber wer würde einen Zombie auf uns hetzen und warum?", überlegte Luna mit besorgtem Blick.

„Dir ist doch bestimmt aufgefallen, dass wir Feinde magisch anziehen", witzelte Merlin. „Die letzten paar Wochen war es schon fast unheimlich ruhig."

„Moment mal. Da gibt es jemanden, dem wir diese Fragen unbedingt stellen sollten", murmelte ich, bevor ich den Korridor entlangmarschierte und gegen die Wand hämmerte. „Ich weiß, dass du da drin bist!", brüllte ich. „Komm raus! Wir müssen mit dir reden."

Es dauerte nicht lange, bis ein aufgebrachter Geist

durch die Wand glitt und mich mit einem eisigen Blick bedachte.

Wenn Blicke töten könnten ... Das wünschte sich unsere gespenstische Mitbewohnerin bestimmt, aber zu ihrem Pech war sie völlig machtlos und an unser Haus gebunden.

Virginia verbrachte den Großteil ihrer Zeit in den Wänden, weil sie dort ihre Privatsphäre hatte. Anfangs machte sie sich noch einen Spaß daraus, plötzlich aufzutauchen und uns zu erschrecken, aber je weniger wir auf ihre Überfälle reagierten, desto mehr zog sie sich zurück.

Trotzdem könnte die einstige Schurkin etwas über unseren neuen Zombie-Feind wissen. Fragen schadete nichts.

„Warum wurden wir heute von einem Zombie attackiert?", wollte ich von der beinahe völlig durchsichtigen Gestalt wissen, die vor mir schwebte.

„Deswegen also der ganze Aufruhr?", entgegnete sie hämisch. „Und niemand hat daran gedacht, mir Bescheid zu sagen, obwohl ich doch so gerne dabei zusehe, wie ihr in Grund und Boden gestampft werdet."

Ich verdrehte nur die Augen. Virginia mochte nicht mehr die Jüngste sein, aber ihr Mundwerk war so frech wie das einer Teenagerin. Und sie war auch ebenso stur.

„Hätte ich von einem Zombie-Angriff gewusst, hätte ich der Gegenseite meine Hilfe angeboten", schnaubte sie verächtlich.

„Ich glaube kaum, dass du dich mit Vögeln verständigen kannst", gab Luna zurück und machte einen Buckel.

„Ebenso wenig wie du, *Schätzchen*", säuselte Virginia schnippisch.

„Du hast uns ausspioniert", sagte ich. Das war keine Frage, sondern eine Feststellung.

Unser Hausgeist zuckte mit den Achseln. „Vergiss nicht, dass ich wegen dir hier festsitze. Natürlich spioniere ich herum. Leider gibt es da aber niemandem, dem ich Bericht erstatten könnte."

Ich nickte und nagte an meiner Unterlippe. Damit hatte sie wohl recht. Sie konnte sich mit niemandem außerhalb dieser vier Wände unterhalten, und natürlich hüteten wir uns, Fremde ins Haus zu lassen.

Ganz offensichtlich arbeitete sie nicht mit dem Zombiebeschwörer zusammen. Einerseits waren das gute Nachrichten, da niemand außer ihr somit uneingeschränkten Zugang zu unserem Heim hatte.

Aber andererseits hatte ich nicht die leiseste Ahnung, was ich als Nächstes tun sollte.

Und etwas sagte mir, dass es weitaus schwieriger sein würde, eine Horde Zombies zu besiegen, wenn wir nicht wussten, wann oder woher sie kamen. Immerhin hatten wir ein paar Wochen Zeit gehabt, um uns auszuruhen. Uns stand ein Kampf bevor, der nicht leicht zu gewinnen sein würde.

4

"Sollen wir in Nocturna Nachforschungen anstellen?", fragte ich meine Katzen. Nocturna war eine geheime Zauberstadt, die man nur durch den Kessel eines aktiven Magiers oder einer Magierin erreichen konnte ... In unserem Fall durch das Vogelbad im Vorgarten, in dem Merlin für gewöhnlich seine Tränke braute.

„Wir können nicht immer gleich nach Nocturna rennen. Man kann Probleme auch auf andere Weise lösen", erwiderte mein Kater mürrisch. Einer seiner Zähne spitzte aus seinem Maul hervor, was ihm einen genervten, aber auch leicht albernen Ausdruck verlieh.

„Das sagst du nur, weil Tom der Kater immer noch nach dir sucht, um dich zu vermöbeln", neckte

Luna ihn. Dank den beiden war mir schnell klar geworden, dass das Liebesleben von Katzen noch weitaus komplizierter war als das der Menschen. Merlin und Luna hatten sich getrennt, um ihren jeweiligen Karrieren als Magier zu folgen, waren anschließend zu erbitterten Feinden geworden, lieferten sich einen heftigen Kampf, kamen plötzlich wieder zusammen und nun erwarteten sie einen Wurf Kätzchen. Währenddessen hatte Merlin einige von Lunas anderen Verehrern vor den Kopf gestoßen, die ihre Entscheidung alles andere als guthießen. Einer von ihnen hatte Merlin sogar zu einem Zaubererduell herausgefordert, worauf der Maine Coon sich idiotischerweise einließ.

Mit einer Rückkehr nach Nocturna würde er seine Magie riskieren, denn wenn er das Duell verlor, musste er als Normalsterblicher weiterleben. Leider waren Luna und ich nicht in der Lage, die Stadt ohne ihn aufzusuchen, da er der einzig aktive Magier unter uns war. Doch ohne seine Magie wäre uns nicht nur der Zutritt zu der Zauberstadt verwehrt, wir würden auf unserer Seite des Kessels zudem völlig ungeschützt dastehen.

Umso frustrierender war diese ganze Situation. Unser Zombiebeschwörer manipulierte buchstäblich

Leben und Tod. Ich für meinen Teil zog es vor, lebendig zu bleiben, herzlichen Dank auch.

Nervös knetete ich mir die Hände, während ich von einer Katze zur anderen sah. „Aber wo sollen wir sonst mit unseren Nachforschungen beginnen? Versuchen wir, einen der Zombies zu fangen und ihn zu fragen, was er weiß?"

Virginia schwebte dicht an mich heran und ich wedelte mit der Hand, als wäre sie ein lästiger Geruch, den es zu vertreiben galt.

Sie lachte nur und kam noch näher. „Dein Sieg gegen mich war pures Glück. Glaub ja nicht, dass dir das ein zweites Mal gelingt. Auf keinen Fall könnte jemand, der so unvorbereitet ist wie du – wie ihr alle drei –, einen Beschwörer der Untoten bezwingen. Schon bald werde ich nicht mehr der einzige Geist sein, der hier herumspukt."

Luna machte einen Buckel und schlug mit der Tatze nach ihr. „Verschwinde, du Quälgeist! Du bist der einzige Schwächling hier. Als du dich entschieden hast, mich zu hintergehen, nur weil du mächtiger werden wolltest, hast du damit dein Todesurteil unterschrieben. Das hast du dir alles selbst zuzuschreiben ... und vielleicht auch dieser furchtbaren Illusionshexe."

Merlin nickte nachdenklich, schien jedoch nicht

wirklich zugehört zu haben. „Natürlich könnten wir einen Zombie fangen, aber es wäre sinnlos ihn am Leben ... äh, animiert zu halten. Sie sind nicht sehr schlau und können nichts weiter tun, als ihr Ziel zu verfolgen. Im Grunde sind sie die perfekten Handlanger, denn sie sind leicht zu ersetzen, lassen sich nicht ablenken und würden ihren Beschwörer niemals hintergehen."

„Ihr glaubt wirklich, ihr hättet eine Chance, was?" Virginia lachte höhnisch.

Merlin wirbelte zu ihr herum und funkelte sie wütend an. „Sei still, sonst fresse ich dich auch noch auf!"

Sie öffnete den Mund, um etwas zu entgegnen, doch er starrte sie so feindselig aus seinen grün schimmernden Augen an, dass sie es sich anders überlegte.

Seufzend schwebte sie in eine andere Ecke des Zimmers, weit entfernt genug, um sich nicht mehr aktiv am Gespräch zu beteiligen, aber immer noch so nah, dass sie uns weiterhin belauschen konnte.

„Könnte Dash dahinterstecken?", fragte ich meine Katzen. „Es war ja nur eine Frage der Zeit, bis sie erneut zuschlagen würde. Wäre es möglich, dass sie die Drahtzieherin ist?"

„Das wäre eine von vielen Möglichkeiten", sagte

Luna, bevor sie sich die Pfote leckte und sich damit übers Gesicht fuhr.

„Allerdings könnte sie überall sein", überlegte ich. „Sie könnte jede nur erdenkliche Gestalt angenommen haben. Woher sollen wir wissen, ob wir sie gefunden haben?" Dashs Fähigkeit, die Wahrnehmung anderer zu manipulieren, hatte ihr beim ersten Mal erlaubt, uns gefährlich nahe zu kommen.

„Gar nicht", erwiderte Merlin grimmig. „Zumindest nicht sofort. Aber ich bin mir ziemlich sicher, dass sie uns lebend schnappen will, um ihre Rachepläne an uns zu verüben. Ich finde, wir sollten ihr absichtlich in die Falle laufen und anschließend überlegen, was zu tun ist."

„Liebling!", rief Luna entgeistert aus und stampfte so energisch mit der Vorderpfote auf, dass Merlin und ich erschraken. „Das klingt furchtbar gefährlich. Denk doch an die Kätzchen!"

„Das tue ich doch, deswegen will ich auch, dass du hierbleibst." Er rieb seinen Kopf gegen ihren und marschierte dann hinüber zur Haustür, wo er ungeduldig mit dem Schwanz peitschend auf mich wartete.

„Komm schon, Gracie!", rief er in einem Tonfall, der keinen Widerspruch duldete. „Je eher wir die

Sache ins Rollen bringen, desto schneller können wir ein für alle Mal damit abschließen."

Eigentlich wollte ich mich nicht in ihren Disput einmischen, aber einen besseren Plan hatte ich auch nicht, um den Zombiebeschwörer zu stellen. Außerdem wollte ich nicht nur untätig herumsitzen, bis unser Feind erneut zuschlug.

Seufzend zog ich mir ein Paar Schuhe an, wobei ich Luna einen entschuldigenden Blick zuwarf, dann schnappte ich mir meine Schlüssel und folgte Merlin nach draußen.

„Na, dann wollen wir den Bösewicht mal schnappen", sagte ich, nachdem ich die Tür hinter mir geschlossen hatte.

„Besser gesagt: Wir lassen uns von ihm oder ihr schnappen", korrigierte mein Kater mich mit einem selbstgefälligen Grinsen.

Ich nickte und folgte ihm die Straße hinunter. Hoffentlich würde dieser nicht einmal halb ausgegorene Plan überhaupt funktionieren.

5

Während ich die Straße in Begleitung meines stattlichen Katers entlangschlenderte, versuchte ich, so lässig wie möglich zu wirken.

„Was soll ich tun?", flüsterte ich Merlin zu, nachdem ich mich vergewissert hatte, dass niemand uns hören konnte.

„Verhalte dich ... natürlich", murmelte er zurück.

Als wir um die Ecke bogen, begegneten wir der alten Mrs Harkness, die verträumt lächelnd ihre Begonien goss.

„Guten Morgen, Grace!", grüßte sie. „Und deinem pelzigen, kleinen Begleiter natürlich ebenfalls einen guten Morgen."

Ich winkte und setzte mein gewinnendstes

Lächeln auf. „O ja, es ist ein herrlicher Morgen!", rief ich zurück.

„Du sollst dich *natürlich* verhalten, sagte ich", fauchte Merlin leise.

„Wie war das, meine Liebe?", fragte Mrs Harkness stirnrunzelnd, während sie den Gartenschlauch abstellte und in die Sonne blinzelte.

„Äh, ich … ich habe nur die natürliche Schönheit des Tages bewundert!", erklärte ich und lief schnell weiter, bevor sie noch begriff, wer eben tatsächlich gesprochen hatte.

Ich wartete einen ganzen Häuserblock ab, bis ich mich wieder etwas sagen traute. „Das war knapp", murmelte ich, während ich neben Merlin in die Hocke ging und ihn hinter den Ohren kraulte. Auf diese Weise würden andere Passanten hoffentlich denken, ich sei einfach nur jemand, der seinem Haustier gut zuredete. „Du solltest nicht sprechen, solange wir in der Öffentlichkeit sind. Jeder könnte uns hören."

Merlin zwinkerte mir verschwörerisch zu und ich richtete mich wieder auf, um unseren Weg fortzusetzen.

Doch plötzlich jaulte mein Kater laut auf und kickte verstört mit den Hinterbeinen.

Ich wollte ihm beruhigend über den Rücken strei-

cheln, doch er schlug meine Hand weg. „LUNA!",
maunzte er unglücklich.

Als ich die Straße hinuntersah, entdeckte ich
tatsächlich einen kleinen, weißen Punkt in der Ferne.
Das war zweifellos Luna. Ich hatte sie noch nie so
schnell rennen sehen.

Sobald sie uns eingeholt hatte, ließ sie sich direkt
vor Merlin auf den Gehweg plumpsen.

„Ich hatte dir doch gesagt, dass du zu Hause
bleiben sollst!", fauchte dieser.

„Und ich habe dir gesagt, dass ich mich nicht
länger von euch ausschließen lasse", zischte sie leise
zurück.

„Und *ich* habe euch gesagt, dass wir hier draußen,
wo uns jeder hören kann, nicht miteinander reden
sollten."

„Davon weiß ich nichts", schmollte Luna. „Seht
ihr, ich bin total ausgeschlossen. Aber ich lasse nicht
zu, dass ihr ohne mich Abenteuer erlebt, nur weil ich
bald Mutter werde. Wir sind ein unschlagbares Team.
Ihr braucht mich."

„Na schön, aber jetzt Klappe halten, solange wir
in der Öffentlichkeit sind!", schnauzte ich, gerade als
ein klappriger Minivan an uns vorbeifuhr. Der Fahrer
starrte mich an, als hätte ich völlig den Verstand
verloren ... was ja auch irgendwie stimmte.

Kaum war er verschwunden, maunzte Luna schrill und rieb ihr Gesicht gegen meine Hand. Damit wollte sie mir wohl zustimmen. Wenigstens einer der beiden war auf meiner Seite. Allerdings hatte Luna ebenfalls recht: Bisher war sie bei unseren Abenteuern unabdingbar gewesen, ohne ihre Hilfe wären wir wahrscheinlich nicht mit dem Leben davongekommen.

Merlin starrte uns aus seinen großen, grünen Augen an und peitschte missbilligend mit dem Schwanz. Da er jedoch nichts weiter sagte, wertete ich das ebenfalls als Zustimmung.

„Ich habe keine Ahnung, wohin wir gehen sollen", gab ich flüsternd zu. „Kann einer von euch die Führung übernehmen?"

Luna miaute und trottete voran, warf nur einen kurzen Blick über die Schulter, um zu sehen, ob wir ihr folgten.

Merlin grummelte kaum hörbar vor sich hin, setzte sich jedoch in Bewegung. Er hasste es, nicht das Sagen zu haben, was allerdings auch nicht allzu oft vorkam.

Luna legte ein ziemlich strammes Tempo vor, und nach ein paar weiteren Blocks war ich völlig außer Atem und begann zu schwitzen.

„Das funktioniert nicht", beschwerte ich mich. „Niemand schenkt uns Beachtung."

Merlin öffnete den Mund, wahrscheinlich um mir ein „Hab ich dir doch gleich gesagt" oder ein „Geschieht dir recht, weil du mir das Reden verboten hast" entgegenzuschleudern.

„Oh, ich würde nicht *niemand* sagen", ertönte eine tiefe Stimme aus einem nahe gelegenen Azaleenbusch, bevor mein Kater etwas erwidern konnte. Die Worte klangen seltsam fließend, ohne einen Atemzug dazwischen, was einen unheimlichen, schlangenähnlichen Effekt erzeugte. Obwohl ich nicht gleich wusste, woher, war ich mir sicher, die Stimme zu kennen. Wie könnte ich einen derart sonderbaren Klang vergessen?

Luna rannte geradewegs ins Gebüsch, während Merlin neben mir auf dem Gehweg wartete. Wir hörten Getuschel, dann erschien Lunas kleines, weißes Gesicht zwischen den Blumen und sie bedeutete uns, näherzukommen.

O Mann, hoffentlich tauchte der Besitzer dieser Azaleen nicht plötzlich auf, denn ich hatte keine Ahnung, wie ich diese skurrile Situation erklären sollte. Merlin verschwand ebenfalls in dem Busch, während ich mich auf Hände und Knie niederließ und zwischen dem Geäst hindurchspähte.

Drei Paar glühende Augen blickten mir entgegen ... blau, grün und gelb. Sofort wusste ich wieder, wer der Neuankömmling mit den strahlenden Bernsteinaugen war.

Mr Fluffikins!

Was nur bedeuten konnte, dass wir wirklich tief in der Klemme steckten.

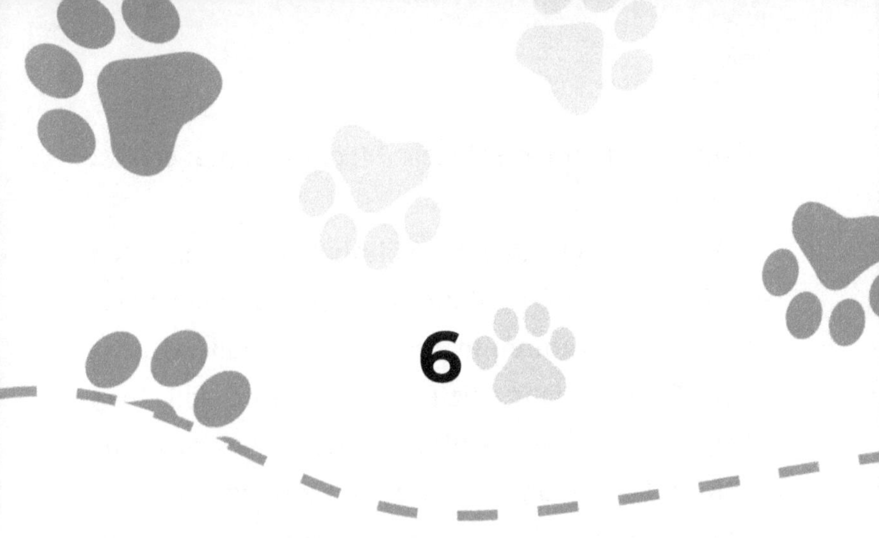

6

„Mir wurde aufgetragen, eine Störung in dieser Gegend zu untersuchen", erklärte der schwarze Kater.

Wir hatten ihn vor einiger Zeit kennengelernt, als Merlin in unserem Haus Blitze heraufbeschwor und dadurch das Dach beschädigte. Da ich nicht das nötige Geld für die Reparatur besaß und Merlin das Loch mit seiner Magie nicht wieder zu schließen vermochte, durchstreiften Luna und er sämtliche Nachbarschaften im Süden Georgias auf der Suche nach Hilfe, bis sie auf Mr Fluffikins stießen.

Seine Zauberkraft war anders als die meiner Katzen. Statt an ein einziges Naturelement gebunden zu sein, bezog Fluffikins seine Magie aus dem

Erdkern. Mit einer solchen Macht konnte er fast alles tun.

Dank seiner außergewöhnlichen Fähigkeiten befehligte er ein Gremium aus verschiedenen übernatürlichen Kreaturen in einer kleinen Stadt namens Beech Grove, nicht allzu weit entfernt von hier. Beech Grove war gewissermaßen das magische Zentrum der Region, was Fluffikins zum mächtigsten Zauberer im Umkreis machte. Wenn man also ihn höchstpersönlich wegen der Störung hierhergeschickt hatte, musste es sich um etwas Großes handeln.

Ich biss mir auf die Unterlippe, um nicht mit tausend Fragen gleichzeitig herauszuplatzen.

Auf Lunas und Merlins Hochzeit hatte ich schnell gemerkt, dass Fluffikins großen Wert auf Förmlichkeit und Tradition legte. Er erwartete, nein *verlangte* sogar, dass alles auf eine bestimmte Art geschah. Und was die magische Hierarchie anging, stand mein Kater weit über mir.

Wie erwartet ergriff Merlin prompt das Wort, wobei er die Schnauze in die Luft reckte, um dem anderen Kater zu demonstrieren, dass er sich von diesem nicht einschüchtern ließ ... auch wenn das vielleicht gar nicht der Wahrheit entsprach. „Hat diese Störung womöglich etwas mit Zombies zu tun?"

Fluffikins legte den Kopf schief. Seine Augen schienen in der Dunkelheit zu schweben. „Zombies? Nein, mit so etwas Schrecklichem keineswegs."

„Also ..." Merlin trat von einer Pfote auf die andere. „Wir wurden heute Morgen von einem Zombie-Rotkehlchen angegriffen und haben Grund zu der Annahme, dass weitere folgen werden."

„Sicher, dass das kein einmaliger Vorfall war? Vielleicht jemand, der seine magischen Kräfte noch nicht lange besitzt und während des Lebenübertragungszaubers versehentlich das falsche Wesen erwischt hat?"

„Wir sind uns sicher", erwiderte Luna ernst.

„Also gut. Braucht ihr vielleicht meine Hilfe, jetzt, da ich sowieso hier bin?", bot Fluffikins an. „Das ist das Mindeste, was ich tun kann, während ich nach meinem Ziel suche."

„Wer ist denn dein Ziel?", fragte ich neugierig.

Der schwarze Kater seufzte genervt. „Es ist eine höchst lästige Angelegenheit. Ein junger Vampir treibt in eurer Stadt sein Unwesen. Mit seinem leichtsinnigen Verhalten gefährdet er die Geheimhaltung unserer magischen Welt."

„Mir ist nichts Ungewöhnliches aufgefallen", erwiderte ich mit einem Achselzucken. „Vielleicht ist es ja gar nicht so schlimm, wie du denkst."

„Bisher hatten wir Glück, aber wenn wir ihn nicht bald unter Kontrolle bringen, könnte die Situation eskalieren." Damit wandte er sich von mir ab und wieder dem Ranghöchsten unter uns zu. „Merlin, brauchst du meine Hilfe beim Bekämpfen der Zombies?"

Der schüttelte hochnäsig den Kopf. „Danke, nicht nötig. Das schaffen wir auch ohne ..."

„TSCHIII TIII TIII JAAAAH!" Ein lauter, seltsamer Schrei durchdrang die Luft. Wenige Sekunden später krachte etwas durch das Gebüsch und landete direkt vor uns.

Es stellte sich auf die Hinterbeine, schüttelte sich und funkelte Merlin dann mordlustig aus seinen kleinen, schwarzen Augen an.

„TSCHIIIIII!", quietschte es und stürzte sich auf meinen verdatterten Maine Coon.

Merlin wich zurück, doch sein kleiner Angreifer hatte ihn bei den Schnurrhaaren gepackt und ließ sich nicht abschütteln.

Sofort eilten die beiden anderen Katzen ihm zu Hilfe. Luna schlug mit ausgefahrenen Krallen nach dem Störenfried, um ihren Geliebten zu verteidigen.

Mr Fluffikins beschwor einen rosafarbenen Magiewirbel herauf, der sich wie ein Lasso um die winzige Kreatur legte und von Merlin wegzerrte. Der schwarze Kater schnappte sich das Ding und hielt es hoch, um es näher zu betrachten.

Es fauchte und knurrte und versuchte verzweifelt, sich zu befreien. Als Fluffikins es weiter ungerührt an einem Ärmchen festhielt, begann es, an seiner eigenen Schulter zu nagen.

Da erkannte ich plötzlich, dass es sich um ein Eichhörnchen handelte. Kaum war mir klar geworden, womit wir es zu tun hatten, durchtrennte der kleine Nager seinen Arm mit einem letzten Biss und schlüpfte aus dem magischen Griff eines völlig verdatterten Fluffikins.

Mit einem lauten „TSCHIII TSCHIII JAAAAH" flitzte es aus dem Gebüsch.

Mr Fluffikins drehte sich im Kreis und schickte einen Magiestrahl in die Luft, der um uns herum explodierte. Schützend warf ich mir die Arme über den Kopf.

„Niemand in einem Umkreis von einem Block kann uns jetzt sehen oder hören, aber wir müssen uns dieser widerlichen Kreatur so schnell wie möglich entledigen!", rief er. Ohne zu zögern jagten die drei Katzen dem Eichhörnchen hinterher, bereit für einen erbitterten Kampf.

7

Eine regelrechte Armee von Eichhörnchen fiel vom Himmel herab ... oder besser gesagt, von einem Baum in der Nähe. Da ich noch immer auf Händen und Knien mit dem Kopf in einem Azaleenbusch steckte, war ich ihnen hilflos ausgeliefert.

Winzige Pfoten mit scharfen Krallen kratzten mir über den Rücken – Autsch, das tat vielleicht weh! So schnell ich konnte krabbelte ich rückwärts aus dem Gebüsch und sprang auf die Füße, aber die kleinen Mistviecher ließen nicht von mir ab.

Merlin, Luna und Mr Fluffikins eilten mir zu Hilfe und griffen die Eichhörnchen an, die sich an mir festkrallten.

Doch es rückten unablässig neue nach. Schwarze,

graue, braune, sogar rote Eichhörnchen, allesamt mit wildem Blick und dem Ziel, uns in Stücke zu reißen.

Ehrlich gesagt wusste ich nicht, wie wir sie bekämpfen sollten. Eigentlich wollte ich das auch gar nicht. Es hatte mir immer so viel Freude bereitet, den possierlichen Tierchen dabei zuzusehen, wie sie sich an dem Vogelhäuschen in unserem Garten bedienten.

Im Gegensatz zu diesen pfiffigen Besuchern waren die Eichhörnchen, mit denen wir es nun zu tun hatten, ganz anders. Sie verhielten sich geradezu wahnsinnig. Ich war mir ziemlich sicher, dass sie ebenfalls untot waren. Offenbar hatte der geheimnisvolle Zombiebeschwörer uns gefunden, was bedeutete, dass unser Plan aufgegangen war. Im Nachhinein betrachtet, war es ein furchtbarer Plan gewesen.

Plötzlich kam mir noch ein anderer beunruhigender Gedanke: Konnten untote Eichhörnchen trotzdem noch Tollwut verbreiten? Ich setzte einen Besuch in der Ambulanz auf meine To-Do-Liste, um mich untersuchen zu lassen ... vorausgesetzt, wir überlebten diesen total verrückten Kampf.

Eines der kleinen Monster versenkte die Zähne in meinem Hals und ich schrie vor Schmerzen auf. Geschah mir recht, was musste ich auch mitten in einer so brenzligen Situation meinen Gedanken nachhängen?

Gerade, als ich den fiesen Nager abgeschüttelt hatte, griff mich auch schon der nächste an und schleuderte mir eine Eichel gegen den Kopf.

Was zur ...? Ich drehte mich in die Richtung, aus der das Geschoss gekommen war, und ein Dutzend weiterer Nüsse sowie anderer harter Gegenstände trafen mich im Gesicht.

Okay, jetzt reicht es aber!

Mittlerweile war es mir egal, ob ich die knuffigen, kleinen Tierchen verletzte. Genau genommen waren sie ja schon tot, und wenn ich nicht bald etwas unternahm, könnte mich und die Katzen ein ähnliches Schicksal ereilen.

Aber Gracie Springs ließ sich nicht so einfach herumschubsen, o nein!

Ich stampfte wild herum und versuchte, die Biester zu zertreten. Doch meine Bemühungen waren vergeblich. Umgehend erhoben die plattgetrampelten Monster sich wieder und krochen rachesuchend auf den Bäuchen herum.

„Es sind zu viele!", schrie Merlin. „Ich kann sie nicht alle auffressen!"

Luna biss und schlug und krallte unermüdlich weiter. Ihr wunderschönes, weißes Fell war von Blut durchzogen. Auch Fluffikins sah ziemlich mitgenommen aus, während er seine Magie wie eine Peitsche umherschwang, um die Horden untoter Eichhörnchen von uns fernzuhalten.

In der Ferne heulte plötzlich ein Motor auf. Als ich mich in Richtung des Geräuschs drehte, ergriff eines der fiesen Nagetiere die Gelegenheit und kletterte flink auf meinen Kopf.

Laut schreiend griff ich nach ihm und versuchte, es von mir herunterzuwerfen, bevor es mir eine sichtbare Narbe verpassen konnte.

Das Geräusch des herannahenden Motors wurde immer lauter. Wer auch immer es war, würde einen echt schrägen Kampf zu Gesicht bekommen: Frau und Katzen gegen wütende, deformierte Eichhörnchen. Wie sollte ich das nur erklären?

Nein, Moment! Mr Fluffikins hatte doch ein Schutzschild um uns errichtet. Unser Geheimnis war sicher, doch waren wir es auch? Immerhin waren wir nur zu viert, und unser Gegner befehligte eine schier unendliche Armee aus Zombie-Eichhörnchen. Hatten wir es wirklich mit Dash zu tun? Wollte unser Angreifer uns wirklich lebend schnappen?

Brumm, brumm. Der brüllende Motor näherte sich mit rasender Geschwindigkeit, und plötzlich bog ein Motorrad um die Ecke, auf dem ein Fahrer mit dunklem Helm saß.

Ein zweiter Nager kletterte auf meinen Kopf und zerrte an meinem Pferdeschwanz. Ich schaute zu Merlin hinüber, aber der lag von zwei Dutzend Eichhörnchen übermannt auf dem Boden, wie Gulliver im Land der Liliputaner.

Das Motorrad heulte erneut auf und ich sah entsetzt zu, wie es auf den Gehweg fuhr und geradewegs auf uns zusteuerte.

Fluffikins' Schild mochte uns für Augen und Ohren unsichtbar machen, aber es würde uns nicht vor einem Aufprall schützen. Der Fahrer ahnte nicht einmal, in welcher Gefahr er schwebte.

Das war es also. Entweder würde mich das heranrasende Motorrad töten oder die Schar Zombie-Eichhörnchen.

Warum musste ich ausgerechnet auf diese Weise sterben?

8

m letzten Moment schlidderte das Motorrad zur Seite, wobei es einige der untoten Nager überrollte. Trotzdem zuckten die platt gefahrenen Zombies noch in dem Versuch, sich abermals zu erheben.

Das Gefährt wendete und kam kurz vor mir zum Stehen. Als der Fahrer das verdunkelte Visier anhob, erkannte ich ihn als meinen Kollegen und Freund, Drake.

„Schnapp dir die Katzen und steig auf!", rief er, bevor er das Visier wieder herunterklappte.

Das musste er uns nicht zweimal sagen, denn wir kletterten allesamt so schnell wir konnten auf den Rücksitz, während die übrig gebliebenen Eichhörnchen uns mit Eicheln bewarfen.

Kurz wunderte ich mich, wie er uns trotz des Schutzzaubers sehen konnte, aber ich war viel zu schockiert und dankbar, um diesen glücklichen Zufall infrage zu stellen. Außerdem war Drake in Sachen Magie ja schon immer außergewöhnlich gewesen und konnte Dinge tun, die anderen nicht möglich waren.

„Gut festhalten!" Drake ließ den Motor aufheulen und fuhr los.

Die restlichen Zombie-Nager schimpften und schnatterten und jagten uns mit unmenschlicher Geschwindigkeit hinterher.

Da wir nun die Schutzbarriere verlassen hatten, konnte uns jeder sehen, ob magischer oder nicht-magischer Natur, und auch den wütenden Zombie-Mob, der uns verfolgte.

Drake drückte ordentlich aufs Gas und raste weit über der erlaubten Geschwindigkeit durch die Gegend ... zumindest fühlte es sich für mich so an.

Als wir scharf um eine Kurve bogen, krallten Merlin und Luna sich an mir fest.

Mr Fluffikins hatte eine Wolke wirbelnder, rosa-farbener Magie heraufbeschworen, die zwar kaum sichtbar war, aber anscheinend stark genug, um ihn auf dem Gefährt zu halten. Wäre ja nett gewesen, wenn er seinen Zauber auch auf meine Katzen gewirkt hätte, aber nein.

Meine armen Oberschenkel!

Plötzlich flitzten wir an meinem Haus vorbei, und ich nahm eine Hand von Drakes Hüfte, um ihm auf die Schulter zu klopfen. „Halten wir hier nicht an?"

„Auf keinen Fall!", brüllte er zurück. Seine Stimme war über den Motor und den Wind kaum zu hören. „Mit den kleinen Biestern ist nicht zu spaßen. Ich bringe euch so weit weg von hier wie möglich." Zumindest glaubte ich, dass er das sagte.

Also fuhren wir unter tosendem Gebrüll weiter. Nach etwa zwanzig Minuten hielten wir vor einem schicken Bungalow am Rande der Stadt an.

„Willkommen in meiner bescheidenen Hütte", sagte Drake, während er das Motorrad in der Einfahrt neben einem Segway-Roller parkte.

„Danke", erwiderte ich atemlos. Obwohl ich wieder festen Boden unter den Füßen hatte, fühlte es sich so an, als rauschte die Welt noch immer an mir vorbei.

Drake nahm den Helm ab, und sein kunstvoll mit Gel gestyltes Haar kam zum Vorschein. „Zum Glück habe ich den Kampf nicht verpasst. Ich meine, Zombie-Eichhörnchen? Wer hätte gedacht, dass so etwas überhaupt existiert? Ich habe es ja immer gehofft, aber …"

„Moment mal, woher weißt du, dass das Zombies waren?", fragte ich und starrte ihn schockiert an.

Er beugte sich hinunter, um seine Frisur im Seitenspiegel des Motorrads zu begutachten und zwinkerte sich selbst zu. „Ach, ich weiß eben ein wenig über fast alles, einschließlich Zombies. Bei dem leeren Ausdruck in ihren Augen war ich mir sofort todsicher."

„*Untot* sicher", murmelte ich und konnte mir ein kleines Lächeln nicht verkneifen. Wie immer schaffte er es, die Lage nicht allzu ernst zu nehmen.

„Warum haben euch die Viecher eigentlich angegriffen?", fragte er und wandte sich mir zu, nachdem er sich überzeugt hatte, dass seine Haare perfekt saßen.

„Äh …", begann ich, hielt jedoch sofort inne.

Wie sollte ich das nur erklären? Zwar hatte er Virginias Geist gesehen und mitbekommen, dass meine Katzen sprechende Magier waren, aber wir hatten ihm einen Trank verabreicht, der dazu diente, seine Erinnerungen zu löschen und unsere Spuren zu verwischen. Trotz unserer Anstrengungen weigerte er sich jedoch, alles Seltsame, was an jenem Abend geschehen war, als Traum abzutun. Er wusste, dass etwas im Busch war, also musste ich äußerst behutsam vorgehen.

Aber wie sollte ich ihm die Schar mordlustiger Eichhörnchen erklären?

Glücklicherweise blieb mir eine Antwort erspart, da in diesem Moment Mr Fluffikins vom Motorrad sprang und sich zu Wort meldete. „Da ist ja der Kerl, nach dem ich gesucht habe", verkündete er mit einem säuerlichen Lächeln.

„Was läuft, mein kleiner Katzenfreund?", fragte Drake lachend, bevor er uns durch die Garage in sein Haus führte.

Fluffikins hielt den Schwanz gesenkt und leicht eingerollt. „Ich bin hier, um sicherzustellen, dass du dich bei deinem zuständigen Gremium für übernatürliche Wesen registrierst. Du hast während deiner nächtlichen Streifzüge ziemliches Chaos angerichtet."

Drake hielt auf der Türschwelle inne und drehte sich mit zusammengekniffenen Augen zu dem autoritären, schwarzen Kater um. „Wie war das?"

Fluffikins schlüpfte an ihm vorbei und sprang auf die Küchentheke, ohne den Blick von Drake zu wenden. „Bist du registriert? Wenn nicht, nehme ich dich umgehend mit."

Luna, Merlin und ich waren vor der Tür stehengeblieben und beobachteten die beiden mit großen Augen. Drake schien nicht so recht zu verstehen, was hier gerade vor sich ging.

„Warum muss ich mich registrieren?", fragte er mit einem nervösen Kichern. „Und was ist das für ein Gremium? Klingt ja ziemlich cool, und ich würde es auch echt gerne tun, aber ich bin kein übernatürliches Wesen."

Mr Fluffikins seufzte. „Bitte sag mir jetzt nicht, dass du keinen blassen Schimmer hast, was du bist."

Drake vergrub die Hände in den Hosentaschen und wippte auf und ab. „Ich bin nur ein ganz normaler Typ, der von seinem Treuhänderfonds lebt und sich die Zeit mit allem Möglichen vertreibt."

Der schwarze Kater lachte trocken auf. „Ein ganz normaler Typ? Wohl kaum!"

Wir alle starrten ihn schweigend an und warteten darauf, dass bei Drake endlich der Groschen fiel.

Was für eine Enthüllung! Ich hatte ja schon immer geahnt, dass mit meinem Kollegen etwas nicht stimmte, aber das?

Drake schüttelte den Kopf und verschränkte die Arme vor der Brust. „Sorry, da komme ich nicht ganz mit."

Fluffikins seufzte erneut und schüttelte ebenfalls den Kopf. Seine nächsten Worte sprach er langsam und deutlich aus, als hätte er es mit jemandem zu tun, der schwer von Begriff war.

Falls Drake sich dadurch gekränkt fühlte, ließ er sich nichts anmerken.

„Du bist ein übernatürliches Wesen und musst dich bei deinem Gremium registrieren."

„Ach, wirklich?"

Wir nickten alle.

„Und was für ein Wesen soll ich bitte sein, Mr Schmusekater?"

„Ein Vampir", fauchte Fluffikins. „Und wage es ja nicht, mich noch einmal Mr Schmusekater zu nennen!"

9

Drake trat einen Schritt zurück und stützte sich an der Wand ab. „Nein", sagte er und schüttelte den Kopf. „Das ist unmöglich. Ich würde doch merken, wenn ich ein Vampir wäre."

Ich warf Merlin einen Blick zu, der nur genervt die Augen verdrehte.

Luna blickte mitleidig drein, sagte jedoch nichts.

„Ist schon in Ordnung, Drake. Wirklich. Du bist immer noch du", versicherte ich ihm.

Er stöhnte und schüttelte wieder den Kopf. „Nein, das kann einfach nicht sein."

Mr Fluffikins hob eine Tatze und fuhr eine seiner Krallen aus. „Sieht aus, als müsste ich dich überzeugen. Na schön, fangen wir ganz von vorne an. Weißt du manchmal Dinge, die du eigentlich gar nicht wissen kannst? Hast du Erinnerungen an etwas, das gar nicht wirklich geschehen ist?"

Drake nickte stumm, und Fluffikins fuhr die zweite Kralle aus.

„Wachst du manchmal an fremden Orten auf, ohne zu wissen, wie du dorthin gekommen bist?"

Wieder nickte Drake.

Jetzt hob Fluffikins eine dritte Kralle. „Besitzt du einen unstillbaren Durst nach Reichtum und Wissen?"

Drake erwiderte nichts.

„Du weißt ein wenig über fast alles", mischte ich mich ein. „Und du lebst von einem Treuhänderfonds."

Er war so blass geworden, dass er viel mehr wie ein Vampir aussah als zuvor. So aufgewühlt hatte ich ihn noch nie erlebt, nicht einmal, während Virginias Geist versuchte, uns zu töten. Jetzt versuchte er verzweifelt, mit den Händen an der Wand Halt zu finden.

Als er wieder imstande war zu sprechen, hörte seine Stimme sich heiser und ein wenig quietschend an. „A-a-aber ich trinke doch kein Blut. So etwas würde ich niemals tun!"

Fluffikins fuhr die Krallen wieder ein. „Habe ich

irgendetwas von Blut trinken erwähnt?", fragte er ungehalten. Dann warf er mir einen genervten Blick zu. „Ihr Menschen und eure dämlichen Märchen. Dank eurer sogenannten Unterhaltungsliteratur herrscht immer noch ein völlig veraltetes Bild von Vampiren. Dabei trinken sie schon seit Jahrhunderten kein Blut mehr!"

„T-tut mir leid?", murmelte ich fragend und ein wenig verwirrt. Warum schnauzte er mich deswegen an, wo ich doch die Einzige war, die versuchte zu helfen?

„Normalerweise werden neu erschaffene Vampire nicht einfach sich selbst überlassen. Bei deiner Verwandlung muss irgendetwas schiefgegangen sein", erklärte der schwarze Kater und wartete Drakes Reaktion ab.

„Also wurde ich nicht als Vampir geboren?" Dessen Stimme quietschte immer noch, als befände er sich gerade mitten in der Pubertät. „Meine Eltern sind keine ..."

„Himmel, nein, niemand wird als Vampir geboren. Was für eine lächerliche Vorstellung!" Jetzt verdrehte Fluffikins genervt die Augen. Als Merlins Vertraute wusste ich längst, dass Katzen nicht gerade zu den geduldigsten aller Geschöpfe zählten.

Aber Drake hatte von all dem keine Ahnung. Die

Existenz von Magie mochte er akzeptiert haben, aber das hier war etwas völlig anderes. Er hatte gerade herausgefunden, dass er ein Monster war, das auch noch unbeabsichtigt Chaos verursachte.

Er sank auf den Boden und vergrub den Kopf in den Händen. „Ich bin tot", murmelte er. „Ich bin tatsächlich tot."

„Na ja, genau genommen bist du untot", erklärte Fluffikins von oben herab.

„Wie die Eichhörnchen vorhin", fügte Merlin mit einem Lachen hinzu.

Luna bedachte ihn mit einem scharfen Blick. „Sei etwas netter zu ihm, Liebster. Siehst du nicht, wie durcheinander er ist?"

Fluffikins hatte in das Gelächter mit eingestimmt, fing sich jedoch schnell wieder. „Wie konntest du mit dem Kerl befreundet sein, ohne zu wissen, was er ist?", fragte er mich.

„Gute Frage", erwiderte ich und wandte mich Merlin zu.

Der plusterte sich abwehrend auf. „Was denn? Ich kann doch nicht über alles und jeden Bescheid wissen! Natürlich ahnte ich, dass mit ihm etwas nicht stimmte, aber Vampire sind normalerweise stolz auf ihren übernatürlichen Status. Woher sollte ich denn wissen, was er ist, wenn er selbst keinen blassen Schimmer hatte?"

Da hatte er allerdings recht.

„Beruhig dich", schnurrte Luna und presste sich gegen ihn, um ihn zu besänftigen.

„Ihr drei werdet von hier aus ja wohl wieder nach Hause finden, oder?", fragte Fluffikins meinen Kater, bevor er sich neben den leise schluchzenden Drake stellte. „Du kommst mit mir."

Doch der arme Kerl weinte vor sich hin, ohne von Fluffikins oder uns anderen Notiz zu nehmen. Ich wusste zwar nicht, was der schwarze Kater eigentlich genau tat, aber garantiert ließ er sich nicht mit einem Nein abspeisen. Und bestimmt würde er auch nicht klein beigeben.

Wie ich vermutet hatte, streckte er die Tatze aus und tippte Drake auf die Schulter. „Hast du mich gehört, Vampir? Du musst …"

„Vielleicht sollten wir nicht ganz so schroff mit ihm umgehen", schlug ich vor. „Und da du schon mal hier bist, könntest du uns ja vielleicht mit unserem Zombie-Problem helfen? Immerhin hast du es uns vorhin angeboten. Vergessen wir die Vampir-Geschichte doch fürs Erste und kümmern uns um die Zombies, okay?"

Er schüttelte energisch den Kopf. „Das war, bevor

ich meine Zielperson gefunden hatte. Jetzt muss ich schnellstens zurück nach Beech Grove. Dort erwarten mich und den Vampir dringende Formalitäten."

„Soll das ein Witz sein?", fauchte Luna. Sonst war sie nie so aggressiv, aber scheinbar war ihr diesmal der Geduldsfaden gerissen. „Du bist der Diplomat unserer gesamten Region, und du scherst dich einen feuchten Dreck um eine Zombie-Invasion?"

„Es war von Anfang an klar, dass sie nur hinter euch her sind, also spielt der Fall eine untergeordnete Rolle. Was jedoch diesen Kerl hier angeht ..." Er nickte in Richtung Drake. „Er hat Chaos in ganz Peach Plains gestiftet. Wir müssen ihn so schnell wie möglich unter Kontrolle bekommen, sonst riskieren wir es, dass die gesamte magische Welt auffliegt."

„Also willst du uns einfach unserem Schicksal überlassen, auch wenn wir bei dem Kampf gegen den Zombiebeschwörer draufgehen?", rief ich entrüstet und setzte meinen eisigsten Blick auf.

„Folgender Vorschlag", erwiderte Fluffikins mit einem Seufzen. „Stellt einen schriftlichen Antrag an das Gremium, dann melden wir uns in fünf bis zehn Werktagen zurück."

Ich nickte nur stumm. Andernfalls hätte ich den nutzlosen Blödmann in Grund und Boden gebrüllt.

Erneut tippte Fluffikins Drake auf die Schulter und räusperte sich. „Kommst du jetzt mit, oder was?"

Drake schluchzte auf, erwiderte jedoch nichts.

„Na schön, dann machen wir es eben auf die harte Tour", fauchte Fluffikins, bevor er und Drake in einer wirbelnden Wolke aus funkelnder, rosafarbener Magie verschwanden.

10

Luna, Merlin und ich begaben uns hinaus in Drakes Garten, wo mein Kater zweimal blinzelte, um uns nach Hause zu teleportieren. Es war einfacher für ihn, diesen Zauber im Freien zu wirken als in einem unbekannten Gebäude.

„Das hat uns ja echt viel gebracht", grummelte der Maine Coon, bevor er zu seiner Wasserschüssel hinüberging, um einen Schluck zu trinken.

„Es war ein guter Plan, mein Lieber", versicherte Luna ihm. „Nur leider hat Drake uns gerettet, bevor unser Gegner uns gefangen nehmen konnte."

„Ich bin ziemlich sauer auf dich", erwiderte er, nachdem er sich die Schnauze geputzt hatte.

Sofort stellte sie den Schwanz auf und machte einen kleinen Buckel. „Lass das. Es geht mir gut."

Merlin nahm dieselbe Haltung ein. „Ich habe von Anfang an gesagt, dass du zu Hause bleiben sollst, weil es gefährlich werden könnte, aber du wolltest ja nicht hören. Und jetzt sieh nur, was passiert ist! Dir oder den Kätzchen hätte etwas zustoßen können!"

„Ich bin kein zartes Pflänzchen und auch kein Kind mehr", fauchte Luna zurück.

„Ach, glaubst du etwa ..."

„Schluss jetzt!", ging ich energisch dazwischen. „Wir ziehen alle am selben Strang. Wenn wir uns gegeneinander wenden, haben wir erst recht keine Chance. Bisher haben wir keine Ahnung, womit wir es zu tun haben. Machen wir uns die Sache nicht noch schwerer, als sie ohnehin schon ist."

Luna entspannte sich und senkte betreten den Kopf. „Du hast natürlich recht, Liebes."

Obwohl Merlin genau genommen mein Chef war, beschloss ich, die Führung zu übernehmen. Sonst würden wir nie vorankommen. „Merlin, ich weiß ja, dass du nur deine Familie beschützen willst, aber du musst Luna ihre eigenen Entscheidungen treffen lassen. Sie würde sich oder die Kätzchen doch nie absichtlich in Gefahr bringen. Sie ist klug und stark, und wir brauchen ihre Hilfe, wenn sie uns denn helfen möchte."

Keiner der beiden erwiderte etwas. Zumindest erhob niemand Einspruch.

Nach einigen Augenblicken angespannten Schweigens fuhr ich fort: „Also gut, unser erster Plan war nicht gerade erfolgreich, daher sollten wir uns etwas anderes überlegen. Ich weiß ja, dass du in Nocturna gerade nicht sehr beliebt bist, Merlin, aber ich finde, dort sollten wir als Nächstes hingehen. Immerhin könnte Dash unsere Gegnerin sein, und sie interessiert sich für unsere Blutlinien.“

„Mit dem Blutmagier haben wir uns doch schon getroffen. Wir wissen genau, wie wir aufgrund unserer Abstammung miteinander verbunden sind.“ Merlin stand immer noch steif da, aber immerhin war sein Schwanz nicht mehr ganz so buschig.

Als ich jedoch widersprechend den Kopf schüttelte, stellte er ihn sofort wieder auf.

Ich seufzte laut. Warum musste mit ihm alles zu einem Machtkampf ausarten? Ich wollte doch einfach unser Zombie-Problem lösen, bevor sie uns erneut angriffen. Das würde ich nämlich nur zu gerne vermeiden.

Trotzdem wählte ich meine nächsten Worte mit Bedacht. „Offensichtlich haben wir irgendetwas übersehen. Wäre es nicht besser, wenn wir noch einmal zurückgingen, um zu sehen, was es ist?“

Luna streckte sich ausgiebig und trottete dann zu mir herüber. „Und bevor du dich beschwerst, ich komme mit!"

„Keine von euch kann die Stadt ohne meine Hilfe betreten", gab Merlin ein wenig höhnisch zu bedenken. Doch er wirkte nicht mehr so angriffslustig wie zuvor.

„Dann ist es ja umso besser, dass du sie uns nicht verweigerst", konterte ich mit einem frechen Grinsen.

„Was ist mit Tom und seiner Gang?", fragte mein Kater. „Sie suchen vermutlich noch nach mir, um das Duell zu beenden."

Seit der Begegnung und besagtem Kampf war gut ein Monat vergangen, aber mir war nur zu bewusst, dass Katzen äußerst nachtragend sein konnten. „Kannst du dein Aussehen nicht durch Magie verändern?", schlug ich achselzuckend vor.

„Ich bin ein Himmelsmagier, wie du weißt. Illusionen übersteigen meine Fähigkeiten." Er gähnte und ließ sich dramatisch auf die Seite plumpsen.

„Wenn du magst, könnte ich dir eine Verkleidung verpassen?"

„Nein, danke." Sofort sprang er wieder auf und stolzierte den Gang hinunter.

„Wo willst du hin?", rief ich ihm nach.

„Das Portal nach Nocturna öffnet sich erst bei Sonnenuntergang. Ich mache solange ein Nickerchen", lautete die schnippische Antwort.

Luna gähnte ebenfalls. „Klingt nach einer guten Idee", sagte sie, bevor sie durch die Katzenklappe in den Garten verschwand und mich allein in der Küche zurückließ.

Vielleicht könnte ich ja ein wenig an meiner Masterarbeit schreiben, um nicht ganz unproduktiv zu sein.

„Wie ich sehe, bist du noch am Leben und putzmunter. Schade", bemerkte Virginia, die durch die Wand geflogen kam und vor mir schwebend Halt machte.

Nein, mit ihr wollte ich mich auf keinen Fall herumschlagen.

Ich schnappte mir meine Schlüssel und verließ hastig das Haus.

Zwar wusste ich nicht genau, wohin ich gehen sollte, aber hoffentlich würde ich ein paar Stunden Ruhe und Frieden finden, bevor ich mich noch tiefer in diesen Zombie-Schlamassel stürzte.

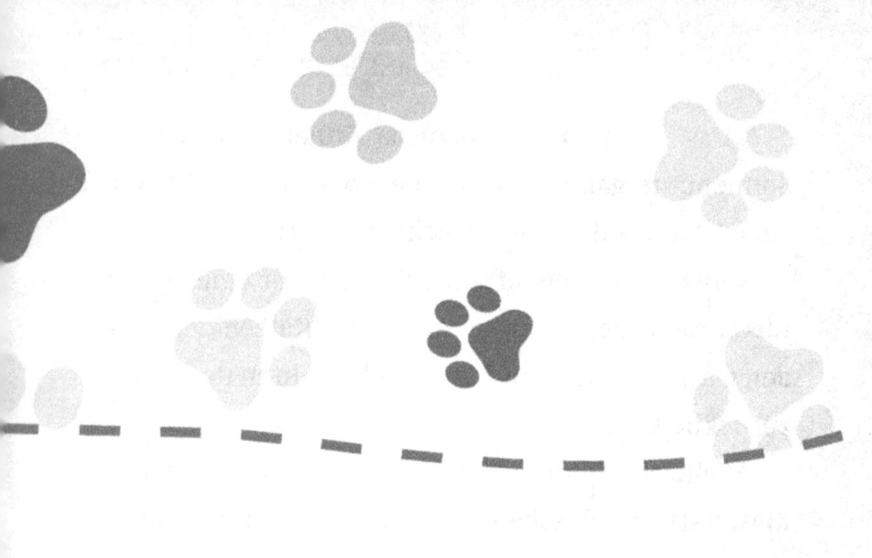

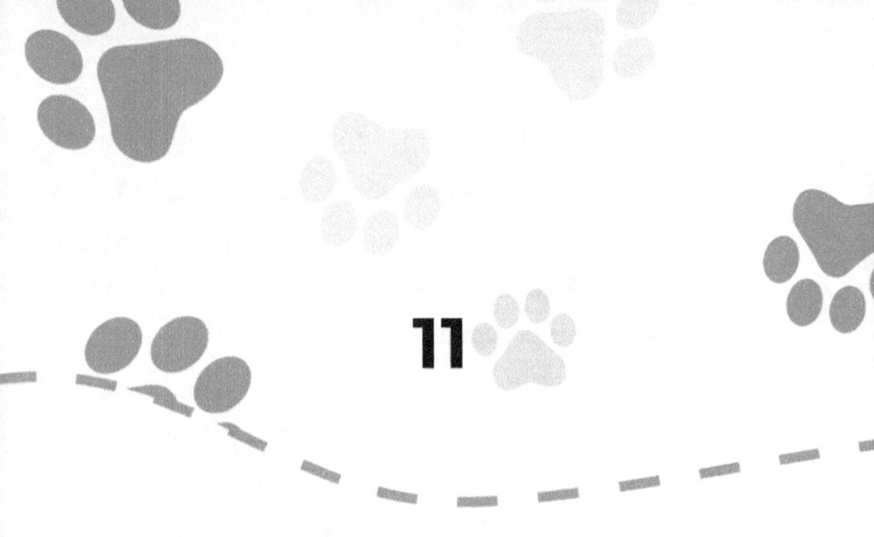

11

ährend ich auf den Parkplatz vor Harolds Kaffeehaus einbog, sinnierte ich darüber nach, wie armselig mein Leben doch war. Nein, ich war heute nicht für eine Schicht eingeteilt. Ja, mein Sozialleben war völlig den Bach runtergegangen.

Um ehrlich zu sein, hatte ich seit meinem Umzug nach Elderberry Heights kaum neue Bekanntschaften geschlossen. Der Rest meiner Familie wohnte in Michigan, ausgenommen meiner Großmutter Grace, die ihren Lebensabend nun in Florida verbrachte. Meine Freunde waren dort geblieben, wo wir zusammen studiert hatten, und meine Nachbarn hier waren allesamt gut vierzig Jahre älter als ich.

Immerhin hatte ich mich während der letzten

Monate mit meiner Chefin, Kelley, angefreundet. Nicht nur nach dem Tod ihres Vaters und der anschließenden Mordermittlung war ich ihr zur Seite gestanden, sondern auch bei der Umstrukturierung des Kaffeehauses, welches seitdem nur noch Pumpkin Spice Lattes verkaufte.

Außerdem waren sie und Drake ein Paar, was sie zur idealen Informationsquelle machte, um mehr über die nächtlichen Unruhen zu erfahren, die Fluffikins erwähnt hatte.

Soweit ich wusste, war Kelley zu einhundert Prozent menschlich. Aber das hatte ich ursprünglich auch von Drake gedacht.

Wer sollte da noch den Durchblick behalten?

„Hey, Gracie! Was kann ich dir bringen?", fragte Kelley, kaum, dass ich den Laden betreten hatte.

„Nur einen Tee, danke." Eigentlich war ich kein großer Fan von Tee, aber mittlerweile hing mir alles, was mit Pumpkin Spice Lattes zu tun hatte, zum Hals raus. Natürlich würde ich das Kelley nicht auf die Nase binden, da ich sie nicht verletzten wollte. Aber wenn ich ein kostenloses Getränk ablehnte, würde sie mich als Testobjekt nutzen und irgendetwas Neues und Ungeheuerliches zusammenbrauen. Daher entschied ich mich trotz der Hitze für einen Tee.

„Wie läuft es so?", fragte ich sie, als sie eine Tasse

voll kochendem Wasser vor mir auf den Tresen stellte. Beiläufig schnappte ich mir einen Teebeutel mit Geschmacksrichtung Hibiskus aus dem Sortiment und tauchte ihn in die Tasse.

„Viel los, wie immer", strahlte sie.

„Hey, hast du heute schon was von Drake gehört?" *Wow, super unauffällig, Gracie!* Es war mir ein Rätsel, dass ich mit meinen sozialen Kompetenzen nicht schon längst draufgegangen war. Aber um fair zu sein, hatte ich es meistens nur mit sprechenden Katzen und anderen übernatürlichen Wesen zu tun.

Kelley schüttelte den Kopf. „Nicht seit heute Morgen, als wir kurz miteinander geschrieben haben. Warum? Ist etwas?"

„Oh, ja klar. Äh, ich meine nein! Alles in Ordnung!", korrigierte ich mich hastig, während ich ein paar Päckchen Zucker in den Tee leerte und mit einem Holzstäbchen umrührte. Dabei presste ich fest die Lippen zusammen. Warum hatte ich mir auf dem Weg hierher keinen Plan überlegt?

Nach einer innerlichen Rüge hob ich den Blick und sah Kelley an. „Er hat sich in letzter Zeit nur ein bisschen merkwürdig verhalten, findest du nicht?"

„Inwiefern?", fragte sie zerstreut, während sie die Bestellung einer Kundin zubereitete.

„Das ist schwer zu erklären", sagte ich ausweichend, da ich keinesfalls mein oder Drakes Geheimnis preisgeben wollte. „Du weißt schon, irgendwie komisch eben."

Kelley legte nachdenklich den Kopf schief und hantierte fachmännisch mit dem Mixer. „Na ja, er war schon immer ein wenig anders. Deshalb mag ich ihn ja so gerne."

„Du hast recht", erwiderte ich, enttäuscht, so schnell gegen eine Wand gelaufen zu sein. „Bei ihm sollte uns gar nichts wundern."

„Allerdings. Neulich hat er einfach so einen Segway-Roller gekauft", sagte sie mit einem Kichern.

„Und ein Motorrad", ergänzte ich lachend.

Kelley verdrehte in gespielter Verzweiflung die Augen. „Rate mal, was von beiden ich lieber mag." Sie erschauderte und goss den Inhalt des Mixers in ein großes Glas. „Segways sind nicht für zwei Menschen gemacht, aber das hat ihn nicht davon abgehalten, mich damit letzte Woche für ein Date abzuholen."

Ich stimmte in ihr Lachen ein. Es tat gut, sich zur Abwechslung über etwas so Belangloses zu unterhalten. Wir plauderten noch ein wenig, aber ich wollte sie auch nicht zu lange von der Arbeit abhalten. Harolds Kaffeehaus war immer gut besucht.

„Tja, dann sollte ich mal wieder …"

„Warte kurz!", unterbrach Kelley mich und holte ihr Handy aus der Schürzentasche. Ich hatte es gar nicht klingeln gehört, was mich aber auch nicht wunderte, da sie es während der Arbeit für gewöhnlich stumm schaltete.

„Hey, es ist eine Nachricht von Drake!", verkündete sie mit einem aufgeregten Grinsen, doch ihre Miene verfinsterte sich zunehmend, während sie die WhatsApp las. „Er sagt, er sei für ein paar Tage verreist und fragt, ob ich jemanden finden könne, der seine Schichten übernimmt."

Kelley ließ das Handy sinken, starrte jedoch weiter vor sich hin. „Eigentlich waren wir für heute Abend verabredet, aber anscheinend ist er schon unterwegs. Er hat mir nicht mal gesagt, warum er weg musste."

„Vielleicht denkt er sich eine Überraschung für dich aus", mutmaßte ich mit gespielter Begeisterung. Natürlich kannte ich den wahren Grund für Drakes Abwesenheit. Falls ich ihm vor Kelley über den Weg laufen sollte, würde ich ihm raten, sich etwas Besonderes für sie auszudenken, wenn er nicht seine Beziehung aufs Spiel setzen wollte. Andererseits, wenn er wirklich ein Vampir war, wäre Kelley ohne ihn vielleicht besser dran.

„Oder er betrügt mich", stöhnte Kelley auf.

„Nein, das würde er nie tun!" Ich streckte die Hand aus und drückte ihr beschwichtigend den Arm.

„Du hast doch selbst gesagt, dass er sich in letzter Zeit merkwürdig verhält. Weißt du irgendetwas?" Fragend sah sie mich an.

„Nein, nein, auf keinen Fall! Das meinte ich damit auch gar nicht. Drake ist verrückt nach dir, glaub mir! Okay, ich muss jetzt wirklich los."

So schnell ich konnte, verließ ich das Café. Das war wirklich keine Glanzleistung von mir gewesen.

12

nschließend fuhr ich eine gute Stunde durch die Gegend, um mich zu sammeln. Die letzten Wochen waren so ruhig gewesen, dass ich mich schon fast wieder an ein normales Leben gewöhnt hatte. Ich glaubte doch tatsächlich, dass die Gefahr *nicht* hinter jeder Ecke lauerte, dass ich *nicht* Kopf und Kragen riskieren musste, um die magische Welt meiner Katzen geheim zu halten.

Wie sehr ich mich doch geirrt hatte.

Je mehr ich darüber nachdachte, desto verzweifelter wurde ich angesichts meiner verzwickten Lage. Wozu sollte ich mein Studium überhaupt noch abschließen? Es war ja nicht so, dass ich mit meinen Pflichten als Vertraute je einen normalen Job würde ausüben können.

Irgendwann einmal hatte ich mit dem Gedanken gespielt, meine akademische Laufbahn sogar noch zu vertiefen und einen Doktor zu machen. Ich liebte die Schule und wäre gerne vielleicht einmal Professorin geworden. Aber wie könnte ich mich je ganz meinen Studenten und Kollegen widmen, wenn das Geheimnis meines Katers immer an erster Stelle stehen würde?

Trotz meiner äußerst verständnisvollen Chefin Kelley war ich aktuell ja noch nicht einmal in der Lage, meine Masterarbeit fertig zu schreiben, wie sollte ich da dann bitte eine Doktorarbeit verfassen? Oder überhaupt weitere Kurse belegen?

Außerdem war da noch die Tatsache, dass ich offensichtlich niemals die Zeit und Gelegenheit haben würde, mich zu verlieben, zu heiraten und Kinder zu bekommen ... was ich zwar jetzt noch nicht wollte, aber bestimmt irgendwann einmal.

Mein Kater und seine besonderen Bedürfnisse würden immer Vorrang haben, und somit würde ich immer den Kürzeren ziehen.

Natürlich liebte ich Merlin und Luna und würde auch ihre Kätzchen in mein Herz schließen, aber was wäre, wenn ich mir je mehr vom Leben wünschte?

Vielleicht sollte ich mir den Kopf nicht zu sehr über die Zukunft zerbrechen, da ich nicht einmal wusste, ob wir unser gegenwärtiges Abenteuer überhaupt überleben würden ... oder das nächste, oder das danach ...

Jetzt war ich aber wirklich etwas voreilig.

Doch meine Sorge galt nicht nur mir, sondern auch Drake. Es war schrecklich gewesen, ihn wie ein Häufchen Elend auf dem Boden sitzen zu sehen.

Eigentlich hatte ich immer angenommen, ihn könne nichts aus der Ruhe bringen, aber selbst er hatte scheinbar seine Grenzen. Wie würde sich sein Leben gestalten, nun, da er sich seiner wahren Identität bewusst war?

Im Vergleich zu seinen Problemen verblassten meine regelrecht. Nicht nur war er jetzt ein Wesen der Nacht, er musste sich dieser Veränderung ganz alleine stellen. Meine magische Leibeigenschaft hatte mir wenigstens eine Familie beschert, die mich liebte und unterstützte.

Von diesem Gedanken besänftigt fuhr ich schließlich zurück nach Hause. Kaum trat ich durch die Tür, erblickte ich einen äußerst mies gelaunten Kater auf dem Küchentisch sitzend. „Ach, sieh mal an, wer sich endlich wieder blicken lässt!", fauchte Merlin. „Unsere Wasserschüssel ist seit Stunden leer!"

„Ich war doch gerade mal eineinhalb Stunden weg", sagte ich kopfschüttelnd und zwang mich, tief durchzuatmen, um nicht die Beherrschung zu verlieren.

„Von wegen!", gab Merlin empört zurück.

Ich presste die Lippen zusammen und schnappte mir die Wasserschüssel aus Edelstahl, während ich mir die Erkenntnisse, die ich in den letzten Stunden gewonnen hatte, ins Bewusstsein rief: Dies war mein Leben, und die Katzen gehörten zur Familie. Ich liebte sie, auch wenn sie mir den letzten Nerv raubten. Und ich hatte eine vielversprechende akademische Karriere aufgegeben, um einem äußerst verwöhnten Kater jeden Wunsch zu erfüllen, ungeachtet der Tatsache, dass er magische Kräfte besaß.

Ich füllte die Schüssel und stellte sie neben Merlin auf den Tisch.

Er schlürfte verhalten davon, dann nieste er und grummelte: „Es hat nicht die richtige Temperatur. Was tust du mir nur an, Gracie?" Egal, wie magisch unsere Welt sein mochte, letztendlich war Merlin auch nur ein typischer Kater.

„Verzeihung, Eure Hoheit", erwiderte ich mit einem sarkastischen Knicks.

Merlin peitschte mit dem Schwanz und sah mich aus zusammengekniffenen Augen an, bevor er schließlich seufzend einlenkte. „Na schön, tut mir leid, dass ich so hart zu dir bin. Ich habe heute einen ziemlich miesen Tag, aber das sollte ich nicht an dir auslassen."

Wow, eine aufrichtige Entschuldigung! Dieser Tag würde als einer der besten in die Geschichte eingehen, trotz der mehrfachen Anschläge auf mein Leben.

„Wegen der Zombies, meinst du?", fragte ich sanft, während ich die Schüssel wieder zur Spüle trug. Wenn er es schaffte, sich zu entschuldigen, konnte ich mich auch ein wenig mehr bemühen.

„Was?" Er starrte durch den Raum auf einen Sonnenstrahl, in dem er gerade bestimmt lieber faul liegen würde als sich mit mir zu unterhalten. „Zombies? Ach, nein. Ich meine, die sind natürlich ein Problem, aber eigentlich mache ich mir Sorgen um meine Luna."

Ich stellte die Schüssel auf den Boden und Merlin gesellte sich dazu, um sicherzustellen, dass das Wasser diesmal die richtige Temperatur hatte, bevor er ausgiebig davon trank.

„Ich weiß ja, dass du sie nur beschützen willst", erwiderte ich vorsichtig. Ich hatte ihm ja bereits meine Meinung zu diesem Thema gegeigt, aber er schien sich noch immer den Kopf darüber zu zerbrechen. Doch in dieser Angelegenheit war ich ganz auf Lunas Seite. Girlpower!

„Bitte sag mir nicht, dass ich mich entschuldigen sollte“, grummelte Merlin.

„Das wäre sicher keine schlechte Idee.“

„Ich habe es bereits versucht, aber sie wollte meine Entschuldigung nicht annehmen.“

Was für eine Überraschung. „Wirklich?“

„Ja, ich bin ja nicht dumm“, gab er schnippisch zurück, blickte dann jedoch schuldbewusst drein, weil er mich angefahren hatte. „Tut mir leid. Ich weiß, dass du nichts dafür kannst, aber das sage ich nicht einfach nur so. Als ich mich entschuldigen wollte, sagte Luna, sie sei zu müde, um weiter zu diskutieren und wir sollten es auf später verschieben.“

„Oh“, sagte ich, weil mir nichts Besseres einfiel. „Ach, das wird schon wieder. Wahrscheinlich will sie sich auf eines nach dem anderen konzentrieren, und die Zombies sind gerade einfach das dringendere Problem.“

„Mhm“, murmelte Merlin nur und steckte den Kopf wieder in die Wasserschüssel.

O weh. Hoffentlich vertrugen sich die beiden wieder, bevor die Kätzchen zur Welt kamen.

13

Als endlich die Sonne unterging, begaben meine Katzen und ich uns zu Merlins Zauberkessel, der Vogeltränke aus Stein im Garten, die seine Verbindung zur magischen Welt und auch Nocturna darstellte.

Wir warteten, bis ein paar Wagen vorbeigefahren waren, und sobald die Luft rein war, machten wir uns ans Werk. Merlin sprang in die Tränke und plantschte im Wasser herum, dann bedeutete er mir, mich durch das Portal zu begeben.

Es war erst meine zweite Reise per Kessel. Mit wild pochendem Herzen stürzte ich mich in die kleine Öffnung, die in eine andere Dimension führte. Diesmal schaffte ich es immerhin, auf beiden Füßen zu landen. Ein paar Sekunden später gesellten sich die Katzen zu mir, und gemeinsam begutachteten wir die geschäftigen Kopfsteinstraßen der alten Stadt. Die Gebäude waren im Stil bayrischer Fachwerkhäuser erbaut und auf Katzengröße ausgerichtet. Dadurch erhielt alles irgendwie eine niedliche, märchenhafte Atmosphäre.

„Also, was jetzt? Immerhin ist das deine Idee gewesen", fragte Merlin und sah mich erwartungsvoll an. Seit unserem Gespräch in der Küche schien sich sein aufgebrachtes Gemüt zum Glück etwas gelegt zu haben.

„Wir sollten uns an den Blutmagier wenden", sagte Luna. Es war eigentlich gar nicht ihre Art, das Wort an sich zu reißen, aber das Verhältnis zwischen ihr und Merlin war noch immer äußerst angespannt. Wahrscheinlich wollte sie die ganze Sache hier so schnell wie möglich hinter sich bringen.

Ich nickte. „Genau, das wollte ich auch gerade sagen."

„Dann nichts wie los." Luna trottete das Kopfsteinpflaster hinunter, ohne auf uns zu warten.

Merlin und ich wechselten einen perplexen Blick, bevor wir ihr folgten. Je eher wir hier fertig waren, desto schneller konnten wir unser Zombie-Problem ein für alle Mal beseitigen.

Während wir durch die dunklen Straßen von

Nocturna schlenderten, wurden wir von ein paar freundlichen Katzen gegrüßt, aber Luna spazierte unbeirrt weiter.

Als wir um eine Ecke bogen, stolperte ich über einen hervorstehenden Kopfstein und landete auf Händen und Knien.

„Alles in Ordnung?", fragte Merlin, der sofort zu mir kam, um meine Schürfwunden zu untersuchen.

Ich atmete zitternd aus. Es tat zwar weh, aber nicht so schlimm, dass ich magische Heilung benötigte. „Mir geht's gut. Es ist nur nicht so einfach, den Weg ohne Beleuchtung zu sehen", sagte ich und rappelte mich wieder auf.

„Der Mond scheint doch hell", erwiderte Luna und schielte hinauf zum Himmel.

„Schon, aber ich sehe bei Nacht nun mal nicht so gut wie ihr", erinnerte ich sie. Die Bewohner Nocturnas brauchten natürlich keine Laternen, daher waren manche Straßen weniger gut ausgeleuchtet als andere.

„Stimmt auch wieder." Luna setzte sich hin und wartete, bis ich mich gesammelt hatte.

Gerade, als wir den Planwagen des Blutmagiers, eines Red-Point-Siamkaters, erreichten, kam eine schattenhafte Gestalt aus einer der Seitengassen geflitzt und stürzte sich auf Merlin.

„Aha! Ich wusste, dass du dich nicht ewig verstecken kannst", fauchte ein fetter, orange-getigerter Kater.

Als junger Maine Coon war Merlin zwar noch nicht ganz ausgewachsen, trotzdem kam es selten vor, dass andere Katzen größer waren als er. Sein Angreifer schien allerdings fast doppelt so breit zu sein.

„Lass ihn in Ruhe!", rief ich und stampfte mit dem Fuß auf, während Luna das Schauspiel aus einigen Metern Entfernung verfolgte.

„Dieser Angsthase schuldet mir noch ein Duell", verkündete der Dicke und sofort wusste ich, um wen es sich handelte.

„Du musst Tom sein", sagte ich und deutete anklagend mit dem Finger auf ihn.

Er grinste breit, wobei er uns seine spitzen Zähne zeigte. „Wie hast du das nur erraten?"

„Es gibt keinen Grund zu kämpfen", presste Merlin hervor, der noch immer unter seinem massigen Gegner gefangen war. „Luna hat ihre Wahl getroffen und sich nun mal gegen dich entschieden."

„So ist es!", rief Luna, kam jedoch nicht näher. „Jetzt lass uns bitte in Ruhe. Wir haben etwas Wichtiges zu tun."

Tom schnaubte abschätzig. „Wichtiger als das

hier? Wohl kaum. Ich warte seit Wochen, um es diesem Mistkerl hier zu zeigen. Wo hast du nur gesteckt, Merlin?"

„Ich habe auch noch ein Leben außerhalb von Nocturna. Und wenn ich mich recht erinnere, ist das ja der Grund für diesen ganzen Schlamassel", fauchte dieser und zappelte wild.

Als Tom von ihm herunterpurzelte, gelang es Merlin, sich aus dessen Fängen zu befreien. Nun standen sie sich einander mit aufgebauschten Schwänzen gegenüber und fauchten sich feindselig an.

„Du bist doch nur neidisch", zischte Merlin.

„Quatsch, es passt mir nur nicht, wenn miese Kater wie du unverdientes Glück haben", konterte Tom. „Also, bringen wir es gleich hier auf der Straße zu Ende, oder was?"

„Nein, auf keinen Fall." Merlin warf Luna einen Blick zu, die ermutigend nickte. „Ich will nicht, dass jemand verletzt wird. Verlegen wir die Sache auf die Felder vor der Stadt."

Tom trat einen Schritt zurück und setzte sich hin. „Ich nehme dich beim Wort", sagte er, ohne den Blick von Merlin abzuwenden. „Wir treffen uns in fünf Minuten, sonst verlierst du."

„Versprochen", erwiderte Merlin und neigte leicht den Kopf.

Tom grinste tückisch, blinzelte zweimal und war verschwunden.

14

Luna trottete zu Merlin und mir herüber. „Kommt, wir müssen uns beeilen. Uns bleibt gerade genug Zeit, um den Blutmagier zu besuchen, bevor dieser Schuft zurückkehrt."

Merlin maunzte betrübt und ließ beschämt den Kopf hängen. „Ich weiß, dass du dieses Duell nicht gutheißt, Liebling, aber du weißt ja, was geschieht, wenn ich nicht antrete."

„Was passiert denn dann?", fragte ich. Von den sonderbaren Methoden der Konfliktlösung hier in Nocturna hatte ich nicht die geringste Ahnung.

„Ich werde zur Zielscheibe aller Magier in der Gegend. Wenn ich mich weigere zu kämpfen, haben alle das Recht, mir meine Magie zu nehmen, da ich sie gewissermaßen aufgegeben habe", erklärte Merlin tonlos, als hätte er sein düsteres Schicksal bereits akzeptiert. Das war doch sonst so gar nicht seine Art.

Energisch schüttelte ich den Kopf. Wenn es sein musste, würde ich eben als Einzige an ihn glauben. „Das dürfen wir nicht riskieren. Ach, Merlin, es tut mir so leid. Ich hätte dich nicht zwingen sollen, hierher zurückzukehren. Du hast noch versucht, mich zu warnen.“

Er hob eine Pfote, um mich zum Schweigen zu bringen. „Nein, das ist allein meine Schuld. Ich hätte Tom nicht provozieren dürfen. Obwohl ich wusste, wie eifersüchtig er ist, habe ich ihm mein Glück unter die Nase gerieben.“

„Aber der Blutmagier ...“, miaute Luna kläglich.

„Den können wir aufsuchen, sobald die Sache hier geklärt ist“, sagte ich. Mir war klar, dass sie Merlin nicht kämpfen lassen wollte, aber sie könnte wenigstens den wahren Grund für ihre Bedenken zugeben, anstatt diese Ausrede vorzuschieben.

„Was geschieht, wenn du verlierst?“, fragte ich meinen Maine Coon ernst. So wenig mir der Gedanke auch gefiel, mussten wir jede Möglichkeit in Betracht ziehen. Sollte Merlin das Duell verlieren, würde er zwar nicht sterben, dafür aber den Rest seines Lebens ohne Magie verbringen müssen ... Und was würde dann aus mir werden?

Merlin seufzte. „Dann wird der Zombiebeschwörer bestimmt weitaus weniger an mir interessiert sein."

„Das wäre zumindest eine Lösung für unser Problem", sagte ich mit einem matten Lächeln, da ich wusste, dass er gerade jemanden brauchte, der zu ihm hielt.

„Ehrlich gesagt bin ich erleichtert, dass Tom den Fahndungsaufruf nicht schon nach unserem ersten Aufeinandertreffen herumgeschickt hat. Wahrscheinlich wollte er erst noch ein paar eigene Haken landen, anstatt mich einfach meiner Magie berauben zu lassen."

Ich nickte langsam und sah zu Luna hinüber. Sie verfolgte alles mit weit aufgerissenen Augen, sagte jedoch nichts. Bestimmt wollte sie Merlin die Entscheidung überlassen, so wie sie sich wünschte, dass er ihr ebenfalls Entscheidungsfreiheit gewährte.

„Können wir dir irgendwie bei den Vorbereitungen helfen?", fragte ich nach einem kurzen Moment des Schweigens.

„Ja." Merlin erhob sich und streckte sich ausgiebig. „Du musst während des Duells so nah wie möglich bei mir bleiben, aber genug Distanz wahren, um nicht verletzt zu werden."

„Woher soll ich wissen, was der richtige Abstand

ist?“ Zu nah, und ich wäre in Gefahr. Zu weit weg, und Merlin würde in Gefahr schweben. Das dürfte nicht einfach werden, aber es war das Mindeste, was ich tun konnte.

Merlin rieb seinen Kopf gegen mein Schienbein. „Keine Ahnung, aber du wirst es schon herausfinden. Deine Anwesenheit verschafft mir einen Vorteil Tom gegenüber. Da er keine Vertraute hat, bin ich der Einzige mit einer extra Magiereserve.“

Oh, richtig!

Vielleicht konnten wir dieses Duell ja doch gewinnen. Und ich würde die entscheidende Rolle spielen! Mit meiner Hilfe könnte es ihm gelingen, Tom offen und ehrlich zu besiegen, und dann bräuchten wir uns nie mehr vor einem Besuch in Nocturna zu fürchten.

Endlich bedeutete mein Status als Vertraute etwas. Er verlieh mir eine gewisse Macht ... die ich unbedingt für das Allgemeinwohl einsetzen wollte.

Mit etwas Glück würde Merlin einen kurzen, schmerzlosen Sieg davontragen und wir hätten anschließend noch genug Zeit, den Blutmagier aufzusuchen, bevor die Sonne aufging und Nocturna in tiefen Schlummer verfiel.

Wenn nicht, musste ich den Tag in einer Stadt

verbringen, die nicht für Menschen gedacht war. Und sollte Merlin seine Magie verlieren …

„Ich hätte noch eine Frage", platzte ich heraus. Obwohl ich ihn nur ungern noch weiter beunruhigen wollte, musste ich es einfach wissen.

Merlin setzte sich auf den Allerwertesten und starrte mich an. „Ja?"

„Wenn du deine Magie verlierst, was geschieht dann mit mir?", fragte ich verlegen.

„Na ja, weißt du noch, was mit Virginia geschehen ist, als Luna ihre Magie aufgab? Das Band zwischen ihnen wurde getrennt. Dir dürfte nichts passieren, solange du der entschwindenden Zauberkraft nicht hinterherjagst und dich von Brunnen fernhältst." Er lächelte matt und ich beugte mich zu ihm hinunter, um ihm den Kopf zu kraulen.

„Oh, da ist allerdings noch etwas, das du wissen solltest", fügte er ein wenig kleinlaut hinzu. „Falls ich verliere, können Luna und ich immer noch mit der Hilfe einer anderen Katze von hier verschwinden, aber du Gracie … du würdest für immer in Nocturna festsitzen."

n Nocturna festsitzen? Aber was sollte ich hier tun? Was für ein Leben könnte ich in einer Welt führen, in die ich einfach nicht gehörte?

„Kann mir denn keine andere Katze helfen?", quiekte ich.

Merlin sah mich an, senkte jedoch gleich wieder den Blick. „Du bist an mein Blut gebunden. Nur durch unsere Verbindung bist du in der Lage, hierherzureisen. Ohne meine Magie besteht dieses Band jedoch nicht mehr."

Ich schluckte schwer und spürte den Kloß, der sich in meinem Hals gebildet hatte. Was Merlin jetzt brauchte, war eine starke rechte Hand, keine zusätzliche Belastung. Ich musste meine Zukunftsängste beiseiteschieben und ihn unterstützen, so gut es ging.

Merlin war ein mächtiger Zauberer, das hatte er mir schon oft bewiesen.

Er konnte dieses Duell gewinnen.

Nein, er *würde* es gewinnen.

Ich musste nur fest daran glauben.

Bisher hatte er mir nie einen Grund geliefert, an seinen Fähigkeiten zu zweifeln.

Mit übertriebenem Enthusiasmus klatschte ich in die Hände. „Dann müssen wir einfach dafür sorgen, dass du diesen Kampf gewinnst. Los geht's!"

Merlin nickte langsam und blinzelte zweimal, um uns zu einer Lichtung außerhalb der Stadt zu teleportieren. Am Horizont erblickte man gerade noch ein paar Häuserdächer, die von einer Feuersbrunst über unseren Köpfen erhellt wurden.

„Äh, Merlin, was für eine Art von Magier ist Tom eigentlich?", flüsterte ich, den Blick fest auf die Flammen gerichtet, die uns jeden Moment zu erfassen drohten.

„Vulkanmagie", erwiderte er angespannt, während er die Gegend nach seinem Rivalen absuchte.

Ich folgte seinem Blick, konnte jedoch nichts sehen. Von Tom fehlte jede Spur.

„Vielleicht hat er erkannt, dass er keine Chance

hat, und will aufgeben?", schlug ich hoffnungsvoll vor, doch Merlin wirkte nicht überzeugt.

Fasziniert beobachtete ich, wie das Feuer über uns wellenartig hin und her wiegte. Die Flammenwogen schienen gegen eine unsichtbare Barriere zu krachen und sich dann wie Lavaströme darüber zu ergießen.

Unter meinen Füßen bildeten sich Risse, und ich sprang zur Seite, um von dem plötzlichen Erdbeben nicht verschlungen zu werden.

Der winzige Riss wurde immer breiter und zog sich über die ganze Lichtung, bis aus der Erde ein Thron aus Dreck und Steinen emporragte.

Die Flammen im Himmel vereinten sich in einem tödlichen Wirbel mit dem Gebilde, und aus dem zerstörerischen Naturschauspiel sprang Tom heraus.

„Wird auch Zeit, dass du endlich auftauchst", sagte der getigerte Kater mit einem fiesen Grinsen. „Typisch für dich, in letzter Minute aufzukreuzen."

„Typisch für dich, ein völlig überzogenes Spektakel aufzuziehen", gab Merlin angewidert zurück. „Aber es braucht schon etwas mehr als ein paar billige Partytricks, um mich zu beeindrucken."

„Genug geplaudert. Dein Schwanz gehört mir!" Mit einem gehässigen Kichern stürzte Tom sich auf Merlin.

Ich hielt mich so nah es ging bei meinem Maine Coon auf, denn je weniger Abstand zwischen uns, desto eher konnte er seinem Gegner ordentlich eins auf den Deckel geben.

Züngelnde Flammen schossen hinter Tom empor und trieben ihn noch schneller vorwärts.

Merlin stand wie angewurzelt da und schien das Spektakel hypnotisiert zu verfolgen. Doch gerade als Tom mit ihm zu kollidieren schien, drehte er sich um und beschwor selbst einen Sturm herauf.

Ein tosender Orkan bildete sich über ihm und fegte auf Tom zu. Dieser war mit so viel Schwung unterwegs, dass er nicht mehr rechtzeitig bremsen konnte. Er prallte mit voller Wucht auf den Wirbelwind und wurde mitsamt seiner Flammen in den Strudel hineingezogen.

Merlin brüllte etwas, doch ich konnte ihn über den tosenden Sturm nicht hören.

Der Wirbel drehte sich immer schneller und hob Tom hoch in die Luft. Doch mein Kater war noch nicht fertig. Er kickte die Hinterbeine aus, eine Bewegung, die ich nur zu gut kannte und fürchtete. Immerhin hatte er auf diese Weise ein Loch in mein Dach geschlagen.

Immer wieder kickte er aus, härter und schneller.

Staub wirbelte um ihn auf und versperrte mir die Sicht.

Im Himmel braute sich etwas zusammen und dann …

KRACH!

Ein knisterndes Blitzgewitter schlug in den Wirbelsturm ein, und ich schwor, ich sah Toms Skelett aufflackern, wie in den Cartoons, die ich früher als Kind immer angeschaut hatte.

Merlin stolperte und fiel zu Boden. Gerade hatte er seine beiden mächtigsten Zauber hintereinander angewandt, und die Anstrengung forderte ihren Tribut.

Der Tornado verschwand, und Tom krachte ebenfalls zu Boden.

Beide atmeten schwer, machten jedoch keine Anstalten, sich zu erheben. Um Tom herum flackerte Magie.

Merlin regte sich nicht.

„Merlin!", rief ich ihm zu. „Du musst den Regen heraufbeschwören. Das ist ganz leicht, du schaffst es!"

Mein Kater streckte eine Pfote in die Luft, doch ihm fehlte die Kraft, um einen Zauber zu wirken.

Ich rannte auf ihn zu. Vielleicht konnte meine Berührung ihn genug stärken, um den Kampf zu beenden. Beinahe hatte ich ihn erreicht, als plötzlich eine Säule aus Erde vor mir aus dem Boden schoss und mir den Weg versperrte.

Schnell sprang ich zur Seite, doch eine zweite Säule tauchte vor mir auf.

„Merlin!", schrie ich und hämmerte verzweifelt gegen den erdigen Käfig, der mich nun von allen Seiten umgab.

Nein, nein, nein!

Wenn ich nicht schnellstens zu ihm gelangte, könnte das unser Ende bedeuten ...

16

Außer über den Himmel züngelnde Flammen konnte ich nichts sehen. Schreiend hämmerte ich gegen die Barriere aus Schmutz und Stein, die ich nicht durchbrechen konnte.

„Gib auf!", brüllte Tom über das Tosen.

Ich verstummte und wartete auf Merlins Antwort.

„*Nie... mals*", presste er zwischen schweren Atemzügen hervor.

„Deine Magie gehört mir!", krächzte Tom. Anscheinend hatte der Kampf ihm ebenfalls einiges abverlangt. „Ich muss nur die Pfote ausstrecken und sie mir nehmen."

Eine Zeit lang herrschte beklemmendes Schweigen.

Was ging da vor sich? War Merlin stark genug, um weiterzukämpfen? Hatte Tom ihm bereits seine Magie geraubt? Und was würde mit der Magie geschehen? Ob sie zurück in die Natur floss, so wie es bei Luna gewesen war, oder wäre Tom wirklich in der Lage, Merlins und seine eigenen Kräfte gleichzeitig zu besitzen?

„Das ist deine letzte Chance", fauchte Tom angriffslustig. „Steh auf und kämpfe wie ein Kater! Oder gib dich geschlagen."

Etwas fiel auf meine Wange und erschreckte mich. Als ich zurückwich, landete etwas Kaltes, Nasses auf meiner Schulter.

Regen!

Merlin hatte es geschafft. Er hatte den Regen heraufbeschworen! Große, schwere Tropfen prasselten mit zunehmender Stärke auf mich herab.

In ihm steckte also noch Kampfgeist!

Fauchend und zischend bekämpften sich die beiden Kater weiter. Währenddessen schwoll der Regen an, bildete Pfützen um meine Füße, bis ich knietief und schließlich bis zu den Schultern im Wasser stand.

Bald schon musste ich auf der Stelle schwimmen, darauf wartend, dass der Wasserspiegel weit genug anstieg, um mich über die Mauer aus Erde zu befördern.

Als ich endlich einen Blick über die Barriere werfen konnte, sah ich, wie Merlin Tom beim Kragen gepackt hatte und im Begriff war, zum verheerenden Schlag auszuholen. Ich verlor jedoch den Halt und platschte zurück in den Pool unter mir.

Kurz darauf gelang es mir, mich ein zweites Mal hochzuziehen, sodass ich mit zitternden Knien auf den schmalen Streifen Erde klettern konnte. Nun war ich jedoch knapp fünf Meter über dem Boden und hatte keinen blassen Schimmer, wie ich sicher auf der anderen Seite hinunterkommen sollte.

Die beiden Kater unterbrachen ihr Duell und wandten sich mir zu.

Tom grinste fies und nutzte den Moment der Ablenkung, um sich aus Merlins Klauen zu befreien. Dann beschwor er einen gigantischen Feuerball herauf, den er in meine Richtung schleuderte. Hastig sprang ich von der Erdwand hinunter, ohne weiter darüber nachzudenken, wie ich unten ankommen würde.

Um jeden Preis wollte ich einen qualvollen Feuertod vermeiden.

Kurz bevor ich auf dem Boden aufschlug, erfasste

mich eine Windbö und setzte mich sanft ab. Merlin hatte mir buchstäblich den Hintern gerettet.

Unglücklicherweise schien Tom darauf gezählt zu haben, seinen Gegner abzulenken, denn im Handumdrehen hatten ihre Positionen sich umgekehrt.

Der riesige gestreifte Kater stürzte sich auf meinen Maine Coon und schlug mit seinen mächtigen Pranken auf ihn ein, attackierte sein Gesicht, seine Brust ... das Zentrum seiner Magie.

„Ach, Merlin, hast du wirklich geglaubt, du könntest gewinnen?", lachte er höhnisch, während er dem Ärmsten einen so heftigen Stoß versetzte, dass dieser durch die Luft flog.

Das alles war meine Schuld. Wäre ich doch nur hinter der Barriere geblieben ...

Ich unterdrückte ein Schluchzen, um Merlin nicht noch weiter abzulenken. Immerhin würde er mit dem Leben davonkommen. Ihm blieb noch eine glückliche Zukunft mit seiner Familie, Luna und den Kätzchen ...

Plötzlich bemerkte ich etwas Weißes, das über das Feld auf die beiden Kämpfenden zusteuerte. Luna besaß doch keine Magie mehr, was also hatte sie vor?

Die Frage wurde gleich darauf beantwortet, als sie sich von hinten an Tom heranschlich und ihre Klauen und Zähne in seinem Nacken versank.

Tom schlug wild um sich, doch Luna ließ nicht los. Sie war unglaublich stark. Mir wurde klar, dass sie ihm nicht nur die Magie nahm, denn nur wenige Sekunden später sank er leblos zu Boden. Luna hatte ihn umgebracht.

Sie hatte das Duell beendet und dabei sämtliche Regeln gebrochen.

„Luna!", rief ich entsetzt aus und rannte auf sie zu. „Was hast du nur getan?"

„Er hätte doch sowieso verloren", erwiderte sie mit einem ungerührten Schulterzucken.

„Aber du hast ihn getötet!", widersprach ich mit Tränen in den Augen. In kürzester Zeit war so viel passiert, dass ich es nur schwer verarbeiten konnte. „Warum hast du das getan?", presste ich hervor.

„Merlin braucht seine Magie", sagte sie kühl und wandte sich mir mit ausgefahrenen Krallen zu. Ihre Augen glühten rot vor Wut, als sie sich auf mich stürzte.

Erschrocken trat ich einen Schritt zurück, konnte ihrem Angriff jedoch nicht ausweichen.

Sie landete auf mir, und alles wurde schwarz.

17

ls ich langsam wieder zu mir kam, befand ich mich an einem mir unbekannten Ort.

An einen Felsen gekettet dastehend.

Auf dem Gipfel eines Berges.

Na wunderbar ...

Ich zerrte an meinen Ketten, doch sie gaben kein Stück nach.

Merlin! Was war mit Merlin passiert?

Angestrengt ließ ich meinen Blick durch die Dunkelheit wandern, bis ich einen kleinen, metallenen Käfig erspähte, von der Sorte, die man normalerweise dazu verwendete, um Stinktiere oder Waschbären einzufangen.

In diesem jedoch lag ein bewusstloser Merlin.

„Merlin! Wach auf!", flüster-schrie ich. Obwohl ich niemanden sonst hier oben gesehen hatte, könnte unser Entführer ganz in der Nähe sein. Wir mussten einen Ausweg finden, bevor es zu spät war.

„Wie sind wir hierhergekommen?", fragte ich ihn, doch er regte sich nicht. Plötzlich fiel es mir siedend heiß wieder ein.

Luna.

Sie hatte Tom getötet und sich dann gegen mich gewendet. Aber warum nur?

Merlin stöhnte leise im Schlaf, reagierte jedoch weiterhin nicht auf meine Hilferufe. Immerhin war er am Leben, auch wenn er mir bei meinen Ausbruchplänen nicht von Nutzen sein würde.

Wieder zerrte ich an meinen Fesseln, bis ich völlig außer Atem war.

„Lass es bleiben", ertönte eine tiefe, unheimliche Stimme ganz in der Nähe. „Du kannst nicht gewinnen."

Ich ließ den Blick über den Berggipfel schweifen, konnte jedoch niemanden sehen.

„Wer bist du? Und warum hast du uns hierherge-bracht?", rief ich in die Dunkelheit.

„Du bist ziemlich vorlaut für jemanden, der in der Klemme steckt", erwiderte die Stimme mit einem gehässigen Kichern. Wenigstens einer schien sich hier zu amüsieren. Ich für meinen Teil fand die ganze Sache alles andere als lustig. Außerdem konnte ich die Stimme nicht ganz zuordnen. Sie klang vertraut und fremd zugleich.

Endlich erblickte ich am Rande des Gipfels eine schwarze Katze.

Neben der Katze flammte plötzlich ein Kessel auf und tauchte alles in ein unheimliches, sumpfgrünes Licht.

„Mr Fluffikins?", fragte ich zögerlich. War der nicht mit Drake im Schlepptau in seine eigene Stadt zurückgekehrt? Und war er nicht eigentlich einer von den Guten?

Die Katze wirbelte zu mir herum, umhüllt von dem magischen Licht. „Erkennst du mich jetzt?"

Die Augen glühten grünlich und das gesamte Fell war rabenschwarz. Mr Fluffikins hatte einen kleinen, weißen Fleck auf seiner Brust und bernsteinfarbene Augen, also war es nicht er.

Was für schwarze Katzen kannten wir sonst noch ...? *Oh.*

„Dash", presste ich zwischen zusammengebissenen Zähnen hervor.

„Das hat ja ziemlich lange gedauert", lachte die gefährliche Illusionshexe, als handelte es sich hierbei um ein Spielchen. „Aber natürlich kennst du mich besser in dieser Gestalt.“

Ein Schleier aus Magie versperrte mir die Sicht. Nachdem er sich wieder gelichtet hatte, stand mir eine finster dreinblickende Polizistin gegenüber. In dieser Gestalt war ich Dash zum ersten Mal begegnet, als sie den Tod meines ehemaligen Chefs, Harold, untersuchte. Natürlich war das nichts weiter als eine Falle gewesen. Als Illusionshexe konnte sie jede beliebige Form annehmen.

Eigentlich hatte ich Dash aufgrund ihrer Verkleidung als Polizistin immer für eine weibliche Magierin gehalten, aber nun war ich mir ziemlich sicher, dass ein Kater vor mir stand. Moment mal, warum machte ich mir überhaupt Gedanken um die richtige Anrede für jemanden, der mich höchstwahrscheinlich umbringen wollte?

Denk nach, Gracie. Lass dir was einfallen!

„Wo ist Luna?“, fragte ich, während mir kalter Schweiß auf der Stirn ausbrach.

Wieder füllte eine Magiewolke mein Blickfeld, aus der eine schneeweiße Katze mit glänzenden blauen Augen trat.

„Ich bin doch hier, Liebes“, sagte Dash mit Lunas Stimme.

Verflixt, ich hätte es wissen müssen! Luna würde

uns niemals hintergehen. Von Anfang an hatte Dash dahintergesteckt ... zumindest seitdem wir Nocturna betreten hatten.

Ich versuchte, mich auf sie zu stürzen, doch meine Fesseln hielten mich zurück. „Was hast du ihr angetan?"

Dash wechselte zurück zu ihrer natürlichen Gestalt, einer unscheinbaren, schwarzen Katze. „Ist doch egal. Du wirst sie sowieso nie wiedersehen."

„Sag mir sofort, wo sie ist!", brüllte ich und zerrte an den Ketten.

„Entspann dich und genieß lieber die letzten Momente deines Lebens. Der weißen Katze geht es gut, wenn du es unbedingt wissen willst. Was jedoch dich angeht ... Du wirst sterben." Dash kicherte hämisch. Noch nie zuvor hatte ich einen so übermächtigen Drang verspürt, ein Tier zu verletzen ... nicht einmal die Zombie-Eichhörnchen, die erst vor wenigen Stunden versucht hatten, mich zu töten.

Dash hob den Blick zum Nachthimmel und studierte die Sterne, dann sagte sie: „Weißt du, ihr hättet alle überleben können. Mein Plan war so einfach: Ihr solltet nach Nocturna kommen, um den Blutmagier zu sehen. Dann hätte ich das Blut gestohlen, ohne dass ihr etwas gemerkt hättet. So wäre niemand zu Schaden gekommen. Aber nun werden dank euch viele sterben müssen."

Ich schluckte schwer. Wie sollte ich mich nur aus diesem Schlamassel befreien, noch dazu ohne Merlins Hilfe?

Was ich brauchte, war ein Wunder.

18

„Lass mich sofort los", verlangte ich, fest entschlossen, nicht kampflos draufzugehen ... oder noch besser, dieses Schicksal ganz zu vermeiden. „Niemand muss verletzt werden. Wir können die ganze Sache hier und jetzt beenden."

„Und warum sollte ich das tun?", wollte Dash wissen, bevor sie sich zu ihrem köchelnden Kessel umdrehte.

„Weil tief in dir etwas Gutes steckt", wagte ich zu behaupten.

Dash lachte bitter. „Da hat wohl jemand zu viele Märchenfilme geschaut. Nein, ich bin durch und durch böse."

Das klang nicht gerade erbaulich. Aber ich durfte

mich nicht entmutigen lassen. Ich musste es unbedingt irgendwie schaffen, mich aus dieser Lage zu befreien.

„Warum tust du das?", fragte ich. „Was springt dabei für dich heraus?"

Dash funkelte mich aus ihren grünen Augen an. „Oh, das ist ganz einfach: Als ich herausfand, wer Merlin und du wirklich waren, welches Band zwischen euch bestand, wusste ich, dass ich endlich gefunden hatte, wonach ich seit Jahrhunderten suchte."

„Jahrhunderte? Bitte, niemand ist so alt."

„Wieder einmal liegst du völlig daneben. Ich bin beinahe eintausend Jahre alt."

Mir klappte die Kinnlade herunter. Das hatte ich nicht erwartet. „Aber wie kann das sein?"

Dash grinste und zeigte mir ihre spitzen, weißen Zähne. „Du bist nur eine Nachfahrin, der letzte Sprössling einer langen Ahnenreihe. Ich hingegen bin das Original."

„Du bist also Merlin, der Schwindler!", rief ich, als mich die Erkenntnis wie ein Blitz traf. Es war die einzig logische Erklärung in Anbetracht der Tatsache, wie interessiert sie – oder besser gesagt er – an Merlins und meiner Herkunft war. „Aber du bist doch gestorben!"

Der kleine, schwarze Kater verschwand in einer Wolke aus Magie, und ein uralter Mann mit einem bis zum Boden reichenden, weißen Bart kam zum Vorschein. „Das dachte zumindest jeder. Zum Glück konnte ich mich hinter meinen Illusionen verstecken, bis ich gefunden hatte, was ich brauchte."

„Du warst der erste Vertraute überhaupt. Und du hast dem wahren Merlin deine Loyalität geschworen!", zischte ich empört.

Dash wirkte völlig unbeeindruckt. „Tja, warum sollte ich mich mit der Rolle des Untergebenen zufriedengeben, wenn ich der Meister sein kann?"

Was für eine Katastrophe! Die beiden einzigen anderen Vertrauten, die ich je kennengelernt hatte, waren beide der Machtgier verfallen. Würde es mir genauso ergehen, falls ich das hier überlebte?

Ich rief mir unsere letzte Begegnung mit Dash in Erinnerung. Wenn es mir gelänge, ihn ins Gespräch zu verwickeln, könnte ich uns etwas mehr Zeit verschaffen. Vielleicht konnten Merlin und ich dann doch noch heil aus dieser Situation herauskommen.

„Warum hast du die Zombies auf uns gehetzt?" Darüber wunderte ich mich tatsächlich.

„Oh, ist doch ganz einfach: Ich musste euch irgendwie nach Nocturna locken. Und glücklicherweise bist du leicht zu durchschauen. Du bist schnurstracks hergekommen, sobald du deinen Meister dazu überredet hattest, nicht wahr?"

„Merlin und mich verbindet eher eine gleichwertige Partnerschaft", korrigierte ich ihn, wobei ich einen schnellen Blick auf meinen gefangenen Freund warf. *Bitte, wach auf!*

„Spielt das eine Rolle, wenn ihr sowieso beide bei Sonnenaufgang sterben werdet?"

„Warum willst du uns denn unbedingt töten?"

„Warum nicht? Übrigens weiß ich genau, was du vorhast. Du willst mich ins Gespräch verwickeln, um mich von meinem fiesen Plan abzulenken. Aber das ist mir egal. Alles muss genau zur richtigen Zeit geschehen, und ich habe dir ja gerade verraten, wann das ist."

„Bei Tagesanbruch", wiederholte ich mit trockener Kehle. „Und selbst du bezeichnest deinen Plan als fies. Sollte dir das nicht etwas sagen?"

„Gut und Böse liegen dichter beieinander, als man denkt", wiegelte er gelangweilt ab. „Mit der Zeit ändert sich nur die Wahrnehmung. Du magst mich als Fiesling erachten, aber zukünftige Generationen werden mich als Gott verehren."

„Du bist ein Monster", zischte ich mit aller Verachtung, die ich aufbringen konnte.

„Und deine Meinung ist mir völlig egal. Du bist

nichts weiter als eine Fußnote in der Legende meines glorreichen Wegs zum Ruhm. Mit deiner Blutsverbindung und der richtigen Sternenkonstellation werde ich das mächtige Schwert Excalibur erneut schmieden und es einsetzen, um die Herrschaft über die Welt der Magie und die der Menschen an mich zu reißen."

„Du klingst wie ein Wahnsinniger", erwiderte ich.

„Warte du doch mal tausend Jahre auf deine Rache und dann sag mir, wie dir das gefällt."

„Rache? Gegen wen?"

„Merlin versprach mir die Erfüllung eines großen Wunsches als Dank für meine Arbeit als sein Vertrauter. Da ihm jedoch meine Forderungen nicht gefielen, versuchte er, sich durch einen Trick herauszuwinden und mich um das zu bringen, was mir zustand."

„Du wolltest genauso mächtig werden wie er", rief ich ungehalten. Bestimmt fand Dash seine eigenen Argumente logisch, aber für mich waren sie einfach nur aberwitzig. „Dabei sollen Vertraute einfach nur Magiespeicher sein."

„So war es nicht immer!", brüllte Dash-Merlin. „Warum existieren diese Regeln wohl, hm? Hmm?"

„Also hat er dich verflucht. Wie hast du überlebt?"

„Nein, er hat mich ins Exil gezwungen. Sobald er

mir die Magie gewährte, konnte er sie nicht mehr zurücknehmen. Nicht ohne das hier." Er griff in den Kessel und zog ein glänzendes Schwert heraus.

„Ist das etwa …?" Mir stockte der Atem.

„Excalibur, richtig. Zumindest wird es das wieder sein. Vor fast eintausend Jahren auf den Tag genau zog dein Vorfahre Artus es aus einem Stein und erklärte es zur ultimativen Waffe. Aber das war nicht der ursprüngliche Grund, warum Excalibur erschaffen wurde."

Ich blinzelte verwirrt. Nichts von alledem stimmte mit der Legende überein, die ich kannte. „Wie bitte?"

„Merlin hat es wegen mir angefertigt. Nicht etwa, um …"

„Moment mal, tut mir leid, aber ich komme nicht mehr ganz mit. Wir sprechen hier mittlerweile über drei verschiedene Merlins."

Der dunkle Magier stöhnte genervt. „Also gut. Der ursprüngliche Katzenzauberer kreierte diese Waffe, aber nicht, um einem anderen das *Leben* zu nehmen, sondern die Magie."

„Und sie war für dich bestimmt."

„Genau, aber zu diesem Zeitpunkt war ich bereits entkommen. Aus Frust rammte er die Scheide in einen Felsen. Dadurch konnte er das Schwert aber nicht mehr selbst herausziehen."

„Sonst hätte er seine Magie verloren", schlussfolgerte ich.

Dash grinste. „Ganz genau."

„Also war Artus …?"

„Nichts weiter als ein Mittel zum Zweck. Da er das Schwert herauszog, würde er niemals eigene Magie besitzen können. Das machte ihn zum perfekten unterwürfigen Vertrauten … Ach, sieh mal einer an, wer endlich beschlossen hat, sich unserer Unterhaltung anzuschließen."

Ich sah hinüber zum Käfig, wo Merlin – mein Merlin – sich endlich zu regen begann.

19

erlin rappelte sich auf die Beine, musste jedoch eine gebückte Haltung einnehmen, da der Käfig so eng war. Er schüttelte den Kopf und sah sich dann auf dem Berggipfel um.

„Gracie!", rief er, als er mich erblickte.

„Merlin, es ist alles in Ordnung", rief ich erleichtert zurück. Mit seiner Hilfe hatten wir noch eine Chance. „Wir kommen hier schon irgendwie raus."

„Hast du mir denn nicht zugehört?", wollte Dash wissen und stampfte auf mich zu.

„Doch, schon. Aber du hast schon einmal gegen uns verloren und wirst es bestimmt wieder tun."

„Ach, wollen wir wetten? Was ist der Einsatz? Ich

weiß schon: dein Leben!" Der alte Zauberer schmunzelte amüsiert über seinen eigenen Witz.

„Wer ist der denn?", fragte Merlin ein wenig lallend. So viel seiner Magie zu verbrauchen, schien noch immer an seinen Kräften zu zehren. Wir waren eindeutig im Nachteil.

Ich seufzte. „Lange Geschichte, aber zusammengefasst ist das Dash, der eigentlich Merlin, der menschliche Betrüger von damals ist. Er will uns umbringen, um Excalibur wiederherzustellen oder so was in der Art."

Dash warf mir einen giftigen Blick zu. „Hey, etwas mehr Respekt, bitte. An dem Plan habe ich lange gearbeitet. Außerdem hast du das Beste vergessen."

Ich zuckte gelangweilt mit den Schultern. Insgeheim freute es mich, sein Ego angeknackst zu haben. Im Moment war das die einzige Möglichkeit für mich, ihm irgendwie zuzusetzen. „Ehrlich gesagt finde ich den Plan viel zu kompliziert. Ist das wirklich das Beste, was dir in knapp tausend Jahren eingefallen ist?"

„Es gibt nichts daran auszusetzen!", schrie er, wobei ihm Spucke aus dem Mund flog. „Gut, vielleicht hat dieses alberne Duell uns ein wenig vom Weg abgebracht, aber das Endergebnis wird sich dadurch nicht ändern. Einst formten unsere Vorfahren ein ewiges Band, nachdem Artus das Schwert aus dem Stein zog. Excalibur wurde von dem Katzenmagier geschmiedet, um mir die Magie zu rauben, doch stattdessen war Artus der Erste, der seinem Fluch unterlag. Aus diesem Grunde sind unsere drei Blutlinien jetzt und immerdar miteinander verknüpft.“

Ich lächelte spöttisch. „Immerdar ...“

„Das reicht jetzt!“ Dashs Stimme hallte bis weit in die Ferne, was nur verdeutlichte, wie isoliert wir auf diesem Berggipfel waren.

„Allerdings, ich habe genug von diesem Unsinn“, presste Merlin hervor, der immer noch zusammengekauert in dem viel zu kleinen Käfig saß. „Im Gegensatz zu dir bin ich ein wahrer Magier, der letzte Spross einer der mächtigsten Zaubererfamilien dieser Welt. Und genau deshalb werde ich dich besiegen, du Hochstapler!“

Obwohl er nicht viel Platz hatte, gelang es ihm, mit den Hinterbeinen aufzustampfen, um ein Blitzgewitter heraufzubeschwören.

Außerhalb des Käfigs geschah jedoch rein gar nichts.

Merlin atmete scharf ein und ließ sich auf den Bauch plumpsen.

Dash lachte höhnisch. „Dachtest du etwa, damit würde ich nicht rechnen? Das ist ein magischer Käfig. Jeder Zauber, den du wirkst, wird dein Gefängnis nur noch verstärken. Es gibt kein Entkommen."

Keuchend erhob Merlin sich und rammte seinen Körper gegen die Gitterstäbe.

Zu Dashs Belustigung zeigte auch dieser Versuch keinerlei Wirkung.

Doch ich wollte nicht einfach so aufgeben. Zwar konnten wir uns nicht mithilfe von Magie befreien, aber ich hatte ja sowieso nie eigene Zauberkräfte besessen. Also musste ich mir eine andere Lösung einfallen lassen.

Dash steckte Excalibur zurück in den Kessel und widmete sich wieder seinem Zaubertrank. Was genau er tat, wusste ich auch nicht, aber langsam fielen mir die Augen zu.

Nein! Wenn ich einschlief, wäre alles verloren.

„Du hast uns noch gar nicht erzählt, was du mit dem Ding vorhast, wenn es fertig geschmiedet ist. Außer uns umzubringen natürlich."

Dash ignorierte mich.

„Hey!", rief ich. „Erde an Dash oder Merlin, oder wer auch immer du sein magst!"

Der bärtige Zauberer wirbelte zu mir herum. „Ich

bin mehr als nur ein Wesen. Ich bin jeder und auch niemand!"

„Hochinteressant. Also, was ist jetzt mit dem Rest deines Plans? Willst du ihn mir nicht anvertrauen?"

„Wozu? Du wirst bald tot sein." Ein Lächeln umspielte seine Lippen. Wie schön für ihn, dass der Gedanke an mein bevorstehendes Ableben ihm Freude bereiten konnte. Ich für meinen Teil hatte keinesfalls vor, heute zu sterben. Aber ich musste an seine Eitelkeit appellieren, um mehr Zeit zu gewinnen.

„Mag sein, aber ich bin einfach neugierig", erwiderte ich.

„Eigentlich ist es noch etwas zu früh, aber wir können ruhig schon mit den Vorbereitungen beginnen." Dash zog das Schwert erneut aus dem Kessel und brachte es zu mir herüber, blieb jedoch einige Meter entfernt stehen. Dann verwandelte er sich zurück in seine Katzenform.

Das war meine Chance!

Ich trat nach ihm, verfehlte ihn jedoch völlig.

Er ignorierte mich, hob eine Tatze und fuhr die Krallen aus. Mit einem gequälten Keuchen kratzte er sich die eigene Brust auf. Einige Tropfen Blut quollen hervor und landeten auf dem Schwert, das er vor sich abgelegt hatte.

„Durch die Vereinigung unserer drei Blutlinien erwecke ich die Macht Excaliburs erneut zum Leben und verschließe damit das Portal zwischen Nocturna und der Welt der Menschen, sodass niemand sich mir je wieder in den Weg stellen kann. Dann werde ich als das mächtigste – und einzige – magische Wesen wie ein Gott über das Universum regieren. Klar soweit?“

Mit diesen Worten sprang er auf den Felsen, an den ich gekettet war, und kletterte hinunter auf meine Brust, wobei er mir tief in die Augen starrte.

„Jetzt bist du an der Reihe. Ich werde mir nur ein paar Tropfen Blut von dir leihen.“

„Wage es ja nicht!“, brüllte ich und zerrte heftig an meinen Fesseln, jedoch vergeblich.

Als Dash ausholte und mit den Krallen über meine Wange fuhr, presste ich die Augen zusammen. Nach ein paar Sekunden öffnete ich sie wieder ... und stellte fest, dass ich mich an einem völlig anderen Ort befand.

20

Verdutzt starrte ich auf das Kassengerät vor mir, das einen Betrag von vier Dollar und fünfzehn Cent anzeigte. So viel kostete unser klassischer Pumpkin Spice Latte im größten Becher. In der Hand hielt ich eine Fünf-Dollar-Note.

Vor mir stand ein Kunde, der mit ausgestreckter Hand auf sein Wechselgeld wartete, während er zerstreut auf seinem Handy herumscrollte.

Okay ... Ich war wohl gerade kurz völlig weggetreten.

Schnell holte ich das Wechselgeld aus der Kasse und reichte es ihm. „Ihr Getränk ist gleich fertig", sagte ich mit meinem freundlichsten Kundenlächeln, dann ging ich hinüber zu Kelley, die bereits an der

Espresso-Maschine herumhantierte, um die Bestellung zuzubereiten.

Irgendwie fühlte ich mich ein wenig benebelt, wie damals an meinem einundzwanzigsten Geburtstag, als ich törichterweise versucht hatte, einundzwanzig Shots runterzukippen. Bereits nach dem siebten übergab ich mich auf den Schoß meines Dates und schwor danach dem übermäßigen Partysaufen ab.

Allerdings konnte ich mich nicht erinnern, letzte Nacht etwas getrunken zu haben. Um ehrlich zu sein, erinnerte ich mich überhaupt nicht an gestern Abend ... und an heute Morgen auch nicht. Ich wachte auf und war direkt bei der Arbeit.

Hm. Anscheinend beherrschte ich diesen Job buchstäblich im Schlaf. Vielleicht sollte ich es als Nächstes mit einer Hand hinter dem Rücken versuchen.

„Wie läuft's denn heute so?", fragte die nächste Kundin mit einem Grinsen.

Ich erwiderte ihr Lächeln und wandte mich wieder der Kasse zu. Freundliche Kunden waren einfach das Beste. Die meisten behandelten mich wie eine Unannehmlichkeit, die sie von ihrem Handy ablenkte ... obwohl sie ja diejenigen waren, die einen Kaffee von mir wollten!

„Heute ist ein guter Tag. Richtig schön", antwortete ich, auch wenn ich mich an nichts erinnern konnte. Aber kein Kunde – egal wie freundlich – wollte blödsinniges Geschwätz von einer Barista hören.

Denn ich war wirklich von der Rolle, oder nicht?

Oder verlor ich langsam den Verstand ... und mein Gedächtnis?

Ich nahm die Bestellung der Kundin entgegen und reichte ihr das Wechselgeld. Nach ihr folgte bereits ein weiterer Kunde.

Und danach noch einer.

Und noch eine Kundin.

Mir blieb kaum eine Verschnaufpause zwischen den Bestellungen. Harolds Kaffeehaus war zwar immer ziemlich gut besucht, aber das hier war wirklich total verrückt. Ich erkannte niemanden, der hereinkam, dabei hatten wir eigentlich eine regelmäßige Stammkundschaft.

„Kelley?", fragte ich und trat von der Kasse weg, wo bereits der nächste Kunde wartete.

„Hmmm?", erwiderte diese, während sie weiter an der Espresso-Maschine arbeitete.

„Kommt dir heute auch irgendetwas seltsam vor?", wollte ich wissen und trat unbehaglich von einem Fuß auf den anderen.

„Inwiefern?", fragte sie, ohne von ihrer Beschäftigung aufzublicken.

Ich zuckte mit den Achseln. Wirklich erklären konnte ich es auch nicht.

Kelley kicherte. „Da hatte wohl jemand ein paar Gläser zu viel gestern Abend."

Ich ergriff ihren Arm, aber sie sah mich noch immer nicht an. „Ich trinke nicht, Kelley. Das weißt du doch."

„Ist mir wohl entfallen", erwiderte sie kühl. „Jetzt geh zurück an die Kasse. Da hat sich schon eine Riesenschlange gebildet."

Ich folgte ihrem Befehl, obwohl mir das alles jetzt noch merkwürdiger vorkam. Kelley hatte eigentlich immer Zeit für einen kleinen Plausch, egal wie viel los war. Ihr lag viel daran, die Angestellten bei Laune zu halten. Außerdem war ich eine ihrer engsten Freundinnen. Wenn ich ihr sagte, dass etwas nicht stimmte, würde sie doch normalerweise alles stehen und liegen lassen, um mir zu helfen.

„Willkommen bei Harolds Kaffeehaus. Ich bin gleich für Sie da", sagte ich zu der Kundin am Kopf der Schlange, dann ging ich noch einmal zu Kelley zurück, um eine Theorie auszutesten.

„Glaubst du, Drake könnte dich betrügen?", fragte ich sie. Das war zugegebenermaßen ein riskantes

Unterfangen. Bei unserem letzten Gespräch hatte sie mir von ihrer Sorge erzählt, dass Drakes plötzliches Verschwinden mit einer anderen Frau zu tun haben könnte.

Natürlich wollte ich ihre Sorgen nicht noch vertiefen, aber ich brauchte einfach eine stärkere Reaktion von ihr. Dann würde sich zumindest das ungute Gefühl in mir legen, dass hier etwas faul war.

„Das würde er nie tun", erwiderte sie mit einem verträumten Lächeln. „Wir sind viel zu glücklich miteinander, als dass er mir so etwas antun würde."

Okay, das reichte!

Wo war ich und wer stand hier wirklich vor mir? Denn das war definitiv nicht die Kelley Carmine, die ich kannte und liebte.

„Tut mir echt leid, aber ich muss dringend los", sagte ich, riss mir die Schürze runter und warf sie auf den Boden.

„Du kannst doch nicht einfach mitten in der Schicht abhauen!", rief sie mir hinterher.

„O doch, und wie!", rief ich zurück, während ich um den Tresen herum in Richtung Tür sauste.

21

Bevor ich das Café verlassen konnte, packte mich eine Hand am Arm.

Drake.

„Hey. Wo willst du denn so eilig hin?", fragte er auf seine typisch entspannte Art. Zum Glück war er nicht mehr das Häufchen Elend, das ich bei unserer letzten Begegnung erlebt hatte.

„Irgendetwas stimmt hier nicht", erklärte ich leise, um die Aufmerksamkeit der Kunden nicht auf mich zu ziehen. „Ich muss hier weg."

„Ja, voll seltsam, nicht wahr?", stimmte er mir zu. „In der einen Sekunde chille ich mit Fluffikins und seiner Gang in Beech Grove, in der nächsten stehe ich plötzlich auf der Arbeit."

Diese Information musste ich erst einmal verdauen. „Also warst du erst irgendwo anders, und auf einmal bist du hier aufgetaucht? Ich glaube, so war es bei mir auch." So sehr ich mir auch das Gehirn zermarterte, konnte ich mich nicht erinnern, was vorher geschehen war.

Drake wippte auf und ab. „Kann gut sein, dass das hier eine Illusion ist."

„Eine was?" Das Wort klang so vertraut. Aber warum nur?

„Eine Illusion", wiederholte er. „Du weißt schon, eine Täuschung. Es ist nicht real."

„Illusion", murmelte ich nachdenklich.

Endlich fiel es mir wie Schuppen von den Augen. *Dash!*

Er steckte hinter all dem. Illusionen waren seine Spezialität, eine Fertigkeit, an der er seit knapp tausend Jahren feilte. Der fiese Magier hatte Merlin und mich auf einen Berggipfel verschleppt, wo er mit unserem Blut etwas Schreckliches anstellen wollte. Mein Blut hatte er bereits, aber ich wusste nicht, ob er auch schon an Merlin herangekommen war.

Ich musste schnellstens dorthin zurück, für den Fall, dass uns noch Zeit blieb.

„Merlin steckt in Schwierigkeiten", flüsterte ich

Drake ängstlich zu. „Ich muss dringend wieder zu ihm."

„Okay", erwiderte er achselzuckend. „Wir seh'n uns."

Er ließ mich los und ich eilte durch die Tür hinaus ins gleißende Sonnenlicht.

Alles um mich herum war weiß. Als das Licht sich regulierte, erkannte ich, dass ich wieder hinter der Kasse stand, die den Betrag von vier Dollar fünfzehn Cent anzeigte. Durch meinen Fluchtversuch hatte ich die Illusion von vorne ablaufen lassen.

Abermals rannte ich zu Drake hinüber, der neben mir die einzig vernünftige Person hier zu sein schien.

„Das war ja echt schräg", sagte er.

„Wie kommt es, dass du keine Täuschung wie alle anderen bist?", wollte ich wissen. Ich stand dicht bei ihm und senkte die Stimme zu einem Flüstern.

„Wow, was für eine tiefsinnige Frage", erwiderte er mit weit aufgerissenen Augen.

„Ich meine es ernst. Kelley ist nicht sie selbst. Sie verhält sich merkwürdig, aber du bist ganz der Alte. Warum?"

Nachdenklich legte er den Kopf schief. „Wenn ich so darüber nachdenke, bin ich gar nicht wirklich ich."

Ich schürzte die Lippen. Was sollte das denn nun wieder bedeuten?

Zum Glück lieferte er mir die Erklärung von selbst. „Ich meine, mein Verstand ist hier, aber mein Körper ist es nicht", fügte er hinzu.

„Drake, du stehst doch vor mir. Ich sehe dich, mit Haut und Haaren."

Er schüttelte den Kopf. „Nein, nicht wirklich. Pass auf."

Ich beobachtete ihn, doch nichts geschah, außer, dass er ein paar Sekunden lang schwieg.

„Siehst du?", rief er nach etwa einer Minute aus.

„Was denn?" Soweit ich das beurteilen konnte, war rein gar nichts passiert, aber er wirkte völlig aus dem Häuschen.

„Ich bin abgehauen", erklärte er begeistert, als sollte ich das einfach so hinnehmen und auch noch beeindruckt sein. „Eben war ich zurück in Beech Grove und hab ‚Alles locker?' zu Mr Fluffikins gesagt."

„Drake, das ist doch lächerlich. Du warst die ganze Zeit über hier", widersprach ich ihm, während meine Schläfen schmerzhaft zu pochen begannen.

Er tastete seine Brust ab und runzelte die Stirn. „Nein, das hier bin nicht wirklich ich. Zumindest ist das nicht mein echter Körper. Der ist bei Fluffikins. Mein inneres Ich ist hier bei dir."

„Drake, hör mir zu", sagte ich und zog ihn ein

Stück weiter weg, damit uns niemand belauschen konnte. „Im Moment kämpfe ich gegen einen extrem mächtigen Illusionsmagier. Er hat mich wohl hierhergeschickt, weil ich zu viele Fragen gestellt habe. Aber ich muss unbedingt einen Weg zurück finden.“

Drake nickte nachdenklich. Er kümmerte sich zwar nie groß um etwas, aber zumindest war er nicht auf den Kopf gefallen. Das machte mir ein wenig Mut.

„Wie bist du eben hier weggekommen?“

Er zuckte mit den Schultern. „Keine Ahnung. Hab's einfach getan.“

Ich stöhnte auf. Das war sowas von nicht hilfreich. „Aber *wie*? Ich muss hier weg. Kannst du es mir beibringen?“

Darüber dachte er kurz nach. „Ich habe einfach die Augen geöffnet – meine richtigen Augen – und schon war ich zurück in Beech Grove. Als ich sie schloss, war ich wieder hier. Ich weiß nicht, wie ich es sonst erklären soll.“

„Okay“, sagte ich entschlossen. „Dann werde ich das mal versuchen.“

Ich schloss die Augen und versuchte, mir den Berggipfel vorzustellen, auf dem ich eben noch gewesen war. Doch als ich sie wieder öffnete, starrte Drake mich erwartungsvoll an.

„Hat es funktioniert?", fragte er neugierig.

„Nein. Warte, ich probier es noch mal." Mindestens ein Dutzend Mal versuchte ich es, jedoch immer erfolglos.

„Drake, ich stecke hier fest", jammerte ich frustriert.

Er vergrub die Hände in den Hosentaschen. „Tut mir leid."

„Ich stecke fest ...", wiederholte ich, als mir plötzlich eine Idee kam. „Aber du nicht. Du kannst mir helfen!"

„Klar. Was soll ich tun?"

„Okay, pass auf, das ist jetzt sehr wichtig. Du musst zu Mr Fluffikins zurückgehen und ihm sagen, dass Merlin und ich von einem bösen Magier auf einem hohen Berg in Nocturna gefangen gehalten werden. Ich stecke in einer Illusion fest, und Merlin in einem magischen Käfig. Es gibt keinen Ausweg. Der fiese Magier will unser Blut für einen richtig üblen Zauber verwenden. Ihr müsst kommen und uns da rausholen."

Er hob die Augenbrauen. Endlich hatte ich es geschafft, seine Neugier zu wecken. „Nocturna? Von dem Ort habe ich noch nie gehört."

„Mr Fluffikins hoffentlich schon. Schaffst du das, Drake? Kannst du die Welt retten?"

„Klar, warum nicht?“ Im nächsten Moment war er verschwunden und hinterließ nur die leblose Hülle seiner Illusion.

Jetzt blieb mir nichts anderes übrig, als abzuwarten und zu hoffen, dass ich mein Vertrauen in den richtigen Mann – äh, Vampir – gesetzt hatte.

22

Verwirrt blinzelnd öffnete ich die Augen. Das hell erleuchtete Café war einer dunklen, kargen Nachtlandschaft gewichen. Außer dem Licht von Mond und Sternen konnte ich rein gar nichts sehen.

Doch, da leuchtete noch etwas … ein Kessel, in dem eine neongrüne Flüssigkeit brodelte.

Ich war zurück auf dem Berggipfel!

Aber wie war das möglich?

Aus dem Augenwinkel bemerkte ich eine rosafarbene Wolke und ein anderes, grün aufblitzendes Licht.

Zwei schwarze Katzen duellierten sich mit ihrer Zauberkraft, Fluffikins gegen Dash, Gut gegen Böse.

„Drake?", schrie ich in die Dunkelheit.

„Hier bin ich", erwiderte er gelassen, während er gefährlich nahe am Rande des Abgrunds stand.

„Ihr habt uns gefunden!" Vor Erleichterung wäre ich am liebsten in Tränen ausgebrochen.

„Hat leider ein wenig gedauert, hier gibt's ziemlich viele Berge."

Jetzt musste ich wirklich heulen. Vielleicht würde ich heute ja doch nicht sterben.

„Übrigens bist du an einen Felsen gekettet, ist dir das bewusst?", fragte er, während die beiden Kater sich weiter bis aufs Blut bekämpften.

„Allerdings. Kannst du mich hier rausholen?", bat ich ihn und zerrte an meinen Fesseln, um ihm zu demonstrieren, dass ich mich nicht allein befreien konnte.

Drake schlenderte gemächlich auf mich zu, als hätten wir alle Zeit der Welt.

Ich versuchte, nicht genervt zu stöhnen oder die Augen zu verdrehen. Er konnte ja durchaus Gefühle zeigen, wenn er wollte, wie vor Kurzem, als Fluffikins ihm eröffnet hatte, dass er ein Vampir war. Aber verdiente diese Situation nicht auch ein wenig mehr Elan?

Drake hatte etwa die Hälfte des Weges zwischen uns zurückgelegt, als sich plötzlich seine Augen weiteten und er vornüber zu Boden fiel.

Hinter ihm stand Dash und wirkte äußerst selbstgefällig.

„Drake!", schrie ich. „Steh auf!"

„Das sollte ihn fürs Erste außer Gefecht setzen", verkündete der dunkle Magier, bevor Fluffikins wie ein feuriger Komet gegen ihn prallte und so ihren Kampf fortsetzte.

Ich beobachtete sie einen Augenblick lang, aber in der Dunkelheit der Nacht war es schier unmöglich, die beiden schwarzen Kater auseinanderzuhalten. Das einzige Erkennungsmerkmal war, dass ihre Magie in unterschiedlichen Farben funkelte. Warum nur war Merlins Magie ebenso grün wie die von Dash, und nicht rosa wie die von Fluffikins?

„Merlin?", rief ich aus, als mir einfiel, dass mein Kater ja auch noch hier war. „Geht es dir gut?"

„Alles in Ordnung", erwiderte er mit schwacher Stimme. „Aber ich komme hier nicht raus."

„Hat Dash dir etwas von deinem Blut genommen?"

„N-nein, ich glaube nicht."

„Dann ist es noch nicht zu spät." Wir hatten immer noch eine Chance. Mithilfe der Verstärkung, die eingetroffen war, konnten wir es schaffen.

„Bald geht die Sonne auf. Uns bleibt nicht mehr viel Zeit", warnte Merlin mich.

„Solange wir Dash daran hindern können, dir Blut abzunehmen, sind wir auf der sicheren Seite", versprach ich ihm. Hoffentlich behielt ich damit recht.

Fauchend und zischend jagten die beiden schwarzen Kater sich über den Berggipfel. Dash mochte weitaus stärker sein als Merlin oder ich, aber Mr Fluffikins war ihm im Kampf durchaus gewachsen.

Mein Blick wanderte von ihnen über Merlin zu Drake. Ich wartete auf die perfekte Gelegenheit. Irgendwie würden wir dieses Ding gewinnen. Uns blieb nichts anders übrig.

Die kämpfenden Kater krachten gegen Dashs glühenden Kessel und kippten ihn um, sodass die sumpfig grüne Flüssigkeit herausschwappte und im Boden versickerte.

„Ihr seid zu spät", verkündete Dash in seiner seltsam grollenden Stimme. „Die Sonne geht auf! Mir fehlt nur noch eine letzte Zutat, um die Macht von Excalibur erneut zu erwecken."

Und tatsächlich erschienen die ersten Sonnenstrahlen am Horizont. Ich hatte dem Anbruch eines neuen Tages noch nie so bekümmert entgegengesehen. Sollten wir diese Situation überleben, würde ich den Sonnenaufgang für den Rest meines Lebens als Ende und nicht als Anfang betrachten.

Fluffikins warf einen flüchtigen Blick gen Himmel. Nur eine Sekunde, aber mehr brauchte es auch nicht.

Sobald sein Gegner abgelenkt war, stürzte Dash auf Merlins Käfig zu, um sich dessen Blut zu holen und das verfluchte Schwert erneut zum Leben zu erwecken.

„Nein!", brüllte ich verzweifelt.

Aber der dunkle Magier machte sich bereits am Schloss zu schaffen. Er verwandelte eine seiner Krallen in einen Schlüssel, der zweifellos perfekt in das Schlüsselloch passte.

Merlin presste sich gegen die Rückwand des Käfigs, um zwischen sich und Dash so viel Distanz wie möglich zu bringen.

Aus dem Augenwinkel sah ich, wie ein rosafarbener Blitz über den Berggipfel schoss und den fiesen Zauberer mit der Heftigkeit eines Güterzugs rammte. Dash wurde von dem Aufprall erfasst und in hohem Bogen über die Klippen geschleudert.

Die Wolke aus rosafarbener Magie zischte durch die Luft, machte eine scharfe Kurve und sauste wieder auf uns zu. Neben Drake kam sie zum Stehen und verpuffte.

„Was ist da gerade passiert?", fragte ich Mr Fluffikins.

„Er war abgelenkt, also habe ich ihn vom Berg gestoßen", erklärte der schwarze Kater und reckte stolz die Brust heraus.

„Und das wirst du bitter bereuen", donnerte die Stimme des dunklen Magiers um uns herum. Als er wieder auf der Bildfläche erschien, war er jedoch weder ein Kater noch ein krausbärtiger alter Mann.

Stattdessen erhob sich vor unseren Augen ein gewaltiger Drache in die Luft.

Ein Drache, der alles andere als glücklich aussah.

23

Mit offenem Mund starrte ich das gewaltige, grüne Monstrum an. In den letzten Monaten hatte ich ja schon viel haarsträubende Magie erlebt, aber nichts davon hatte mich derart von den Socken gehauen wie ein waschechter Drache, der vor mir in der Luft schwebte.

Dash brüllte und spie einen Feuerball aus, der das Gras vor meinen Füßen verkohlte.

„Was ist hier los?", rief Drake, der endlich wieder zu Bewusstsein gekommen war und sich aufrappelte. „Wow, coole Spezialeffekte!"

Der Drache schickte einen weiteren Feuerstrahl in seine Richtung.

„Nein!", schrie ich, gerade als das Inferno meinen armen Freund erfasste.

Dash lachte höhnisch und wandte sich seinem nächsten Opfer zu: Mr Fluffikins.

Entsetzt starrte ich auf die Säule aus Flammen, die ein paar Meter entfernt loderte. Auf meiner Stirn und Oberlippe bildeten sich Schweißperlen. Diesen Angriff konnte Drake unmöglich überlebt haben.

Und das war allein meine Schuld. Ich hatte ihn in diese Sache hineingezogen.

Fluffikins und Dash nahmen ihr Duell wieder auf. Obwohl der dunkle Magier dem schwarzen Kater in seiner neuen Gestalt deutlich überlegen war, ließ Fluffikins sich nicht einschüchtern und stürzte sich entschlossen auf seinen Gegner.

Ich überließ sie ihrem Kampf und ließ traurig den Kopf hängen, während das Feuer langsam erlosch.

„Autsch, das war heiß", murmelte Drake. Ruckartig sah ich auf und beobachtete, wie er sich von einem Häufchen verbrannter Erde entfernte. Er selbst schien keinen Kratzer abbekommen zu haben. Nicht einmal ein Fleckchen Asche haftete an ihm.

„Drake!", flüsterte ich eindringlich, nachdem ich mich vergewissert hatte, dass die beiden Duellanten abgelenkt waren.

Als er sich mir zuwandte, bedeutete ich ihm mit einer Kopfbewegung, näherzukommen.

„Sind meine neuen Vampirkräfte nicht einsame

Spitze?", freute er sich. „Ich bin gerade buchstäblich durchs Feuer gegangen."

„Ja, wirklich super." Natürlich lagen mir tausend Fragen auf der Zunge, was diesen Trick anging, aber ich wusste, dass Drake nicht derjenige war, der sie mir beantworten konnte. Außerdem gab es Wichtigeres, auf das wir uns im Augenblick konzentrieren mussten.

„Hör zu", fuhr ich fort. „Du musst Merlin aus diesem Käfig rausholen. Dash hat ihn aufgeschlossen, bevor Fluffikins ihn über die Klippen gestoßen hat, also müsstest du ihn ganz leicht öffnen können. Kapiert?"

„Logo."

„Und sei immer schön langsam und unauffällig. Dash sieht in dir keine Bedrohung, und das soll auch so bleiben."

Drake zeigte mir ein Daumen hoch, bevor er sich über den Gipfel auf Merlins Käfig zuschlich. Tatsächlich gelang es ihm, die Tür ohne Weiteres zu öffnen.

Ich hatte erwartet, dass Merlin vor Magie glühend ins Freie stürmen würde, doch stattdessen taumelte er auf schwachen Beinen heraus. Der arme Kerl hatte in den letzten vierundzwanzig Stunden so viel durchmachen müssen, ich war mir nicht sicher, wie viel er noch verkraftete.

Am liebsten hätte ich ihm ermutigende Worte zugerufen, aber dann könnte Dash auf ihn aufmerksam werden. Also musste ich im Stillen darauf vertrauen, dass mein Kater wusste, was zu tun war.

Und er hatte definitiv irgendetwas vor.

Langsam, aber entschlossen näherte er sich mir. Wollte er mich aus meinen Fesseln befreien? Wäre ich endlich in der Lage, mich an dem Kampf zu beteiligen anstatt nur tatenlos zuzusehen?

Aber nein. Er hielt ein paar Meter vor mir an und mit Entsetzen realisierte ich, was er wirklich vorhatte.

„Merlin, das darfst du nicht tun!", flüster-schrie ich, da ich immer noch vermeiden wollte, Dashs Aufmerksamkeit zu erregen.

Mein Kater warf mir einen flüchtigen Blick zu, bevor er sich wieder dem Schwert zuwandte, das auf dem Boden lag. „Es gibt keinen anderen Weg", sagte er tonlos.

Bevor ich ihn aufhalten konnte, fuhr er die Krallen aus und kratzte sich über die Brust, so wie Dash es bei sich selbst getan hatte.

Blut quoll aus der Wunde hervor, rann an seinem Fell hinab und tropfte langsam auf das Schwert.

Mein Kater hatte soeben Excalibur neue Macht verliehen ... der Waffe, die uns vernichten sollte.

24

a nun alle drei Blutlinien darauf vereint waren, begann das antike Schwert, weiß zu glühen.

Merlin holte tief Luft, stellte sich auf die Hinterbeine und ließ sich dann mit den Vorderpfoten auf Excalibur fallen.

Das Schwert zischte und fauchte, während es sein Leuchten auf Merlin übertrug. Gemeinsam erstrahlten sie wie ein Leuchtfeuer, das umgehend Dashs Aufmerksamkeit erregte.

„Nein!" Der dunkle Magier ließ von Fluffikins ab und steuerte schnurstracks auf das gleißende Licht zu.

„Drake!", brüllte ich und bedeutete ihm, zu mir zu kommen.

„Ich habe einen Plan", fuhr ich fort, während der Drache verzweifelt versuchte, Merlin von Excalibur zu trennen, doch die beiden schienen zu einer Einheit verschmolzen zu sein.

Nachdem ich Drake meinen Plan zugeflüstert hatte, bedachte er mich mit einem skeptischen Stirnrunzeln. „Na, ich weiß nicht. Das klingt ziemlich verrückt."

„Vertrau mir einfach. Das ist vielleicht unsere einzige Chance."

Er nickte und schlurfte davon.

„Was hast du getan?", fauchte Dash, ohne sich an jemand Bestimmten zu richten.

Endlich ließ das Schwert Merlin frei, woraufhin dieser völlig erschöpft zu Boden fiel.

Der Drache riss Excalibur mühelos an sich, da niemand sich ihm in den Weg stellte. Mit neuem Elan stürzte er sich, das Schwert schwingend, auf Fluffikins.

„Pass auf!", schrien Drake und ich gleichzeitig.

Der schwarze Kater beschwor ein Lasso aus rosafarbener Magie herauf, mit dem er Dash die Waffe ohne Probleme entriss. Dann richtete er es mithilfe seines Zauberlassos geradewegs auf das Herz des Drachen.

Während Excalibur von Fluffikins' Magie

getragen durch die Luft schwebte, wurde mir klar, dass das Schwert seinen ursprünglichen Zweck nicht erfüllt hatte. Die Zauberkraft des schwarzen Katers war noch genauso stark wie zuvor.

„Ihr Idioten habt meinen wunderbaren Plan ruiniert", keifte der Drache, nachdem auch er realisiert hatte, dass die Waffe Fluffikins' Magie nicht absorbierte. „Dafür werdet ihr sterben!"

Dash und Fluffikins setzten ihren Kampf unter Einsatz ihrer vollen Kräfte fort. Excalibur fiel zu Boden, nichts weiter als ein nutzloses Relikt.

Merlin lag keuchend da und öffnete ein Auge.

Drake kauerte einige Meter entfernt und wartete auf die perfekte Gelegenheit, um unseren Plan auszuführen.

Einstweilen hing ich weiterhin gefesselt an meinem Felsen.

„Was hast du nur getan, du Dummkopf?", fragte ich Merlin. Tränen strömten mir unablässig übers Gesicht. Mann, ich war zu einer richtigen Heulsuse mutiert.

„Mein Blut", flüsterte er und erschauderte. „Es ist nicht länger magisch. Der Fluch ist gebrochen."

„Du hast das Artefakt zum Leben erweckt und dann seine Macht aufgehoben, um es unbrauchbar zu machen", fasste ich zusammen.

„Genau", sagte er, bevor er erneut das Bewusstsein verlor.

„Merlin!", rief ich, doch nichts vermochte ihn aufzuwecken.

Bitte sei nicht tot, bitte sei nicht tot!

So durfte es einfach nicht enden. Wir konnten doch nicht diesen Kampf gewonnen haben, nur um den Krieg zu verlieren. Merlin war nicht tot. Das war völlig undenkbar.

Das Duell zwischen Fluffikins und Dash zog sich eine gefühlte Ewigkeit hin. Drake schien ebenfalls der Geduldsfaden zu reißen, denn er beschloss, von unserem ursprünglichen Plan abzuweichen.

„Hey, Feuerspucker!", rief er, sprang auf und fuchtelte wild mit den Händen in der Luft.

„Du! Dich hatte ich doch längst vernichtet!", brüllte Dash, der sich von Fluffikins abwandte und geradewegs auf Drake zusteuerte.

Oh, dieser Schwachkopf! Jetzt würde er ebenfalls sterben. Wieso hatte er nicht warten können, so wie ich es ihm aufgetragen hatte?

Gerade, als ich mir diese Frage stellte, verschwand Drake vor meinen Augen und erschien auf dem Rücken des Drachen wieder. In dieser Position gelang es ihm, seinen Gegner in Richtung des Käfigs zu lenken, in dem Merlin zuvor gefangen war.

In letzter Sekunde verschwand Drake abermals. Nein, das stimmte nicht ganz. Er bewegte sich nur so schnell, dass man ihn mit bloßem Auge kaum erfassen konnte.

Kurz bevor Dash gegen den Käfig prallte, sprang Drake von dessen Rücken hinunter.

Da der Zwinger magisch war, absorbierte er bei dem Aufprall die Kräfte des dunklen Magiers, wodurch dieser in seine ursprüngliche Form zurückverwandelt wurde: ein alter Mann mit langem Bart.

Durch die Magie, die der Käfig erst Merlin und dann Dash abgezapft hatte, war er so groß geworden, dass er den alten Greis mit Leichtigkeit in sich aufzunehmen vermochte.

„Schließ die Tür ab!", kreischte ich, doch Drake war längst dabei.

Fluffikins schwebte zu uns herüber und landete mit einem dumpfen Schlag auf dem Boden. „Deine erste Unterrichtsstunde bei Connie scheint wohl gut gelaufen zu sein."

„Ja, Vampir zu sein, ist gar nicht so übel", gab Drake zu und vergrub die Hände in den Hosentaschen.

„Also gut, du kommst mit mir", wandte der schwarze Kater sich an den kläglichen Kerl im Käfig, bevor er eine rosafarbene Wolke heraufbeschwor und mit seinem Gefangenen verschwand.

Nun blieben nur noch Merlin, Drake und ich übrig.

„Warte, ich helfe dir", sagte mein Freund, flitzte in Lichtgeschwindigkeit zu mir herüber und löste meine Fesseln, als wären sie nichts weiter als dünne Schnüre.

Ich starrte ihn an. „Hättest du das schon die ganze Zeit über tun können?"

„Wahrscheinlich schon", gab er zu. „Aber ich versuche immer noch, den Dreh rauszubekommen."

Ich gab ihm ein High-Five, dann kniete ich mich neben Merlin nieder, hob ihn hoch und drückte ihn an meine Brust. Zum Glück lebte er noch, was aber auch bedeutete, dass ihm die ganze Sache nachher unglaublich peinlich sein würde.

„Wir müssen zurück in unsere Welt, um Luna zu finden", sagte ich zu Drake.

„Dann nichts wie los."

„Moment", flüsterte ich und betrachtete noch einen Moment lang Merlins kleines Katzengesicht. Seine rosa Zunge spitzte zwischen seinen Zähnen hervor. Irgendwie wirkte er so unschuldig.

„Ich kann nicht", fuhr ich dann mit einem traurigen Lächeln fort. „Es ist mir nicht möglich, Nocturna zu verlassen. Nicht mehr.“

25

„Wenn du nicht gehst, gehe ich auch nicht", sagte Drake zu meiner Überraschung.

„Ist schon in Ordnung", erwiderte ich leichthin. „Geh nur."

Er scharrte mit dem Fuß in der verbrannten Erde. „Okay, aber wie?"

„Wie bist du denn mit Mr Fluffikins hierhergekommen?" Das hatte ich mich schon die ganze Zeit über gefragt.

„Mit dieser rosafarbenen Magie, die immer um ihn rumschwebt", erklärte Drake.

„Bestimmt kommt er zurück, um dich zu holen, nachdem er Dash ins Gefängnis verfrachtet hat."

Drake nickte, als wäre ihm das ziemlich egal. „Aber was ist mit dir?"

Ich seufzte und sah hinab auf den bewusstlosen Kater auf meinem Arm. „Nur Merlin kann mich nach Nocturna bringen und wieder zurück. Als seine Vertraute bin ich an ihn gebunden."

„Aber er besitzt keine Magie mehr, nicht wahr?"

„Richtig."

Drakes Gesicht drückte gemischte Gefühle aus. Wie untypisch für ihn. „Und wie kommst du dann hier weg?"

Ich erschauderte und drückte Merlin fester an mich. Mir war gar nicht aufgefallen, wie kalt es plötzlich geworden war, jetzt, da das Adrenalin nachließ. „Gar nicht."

Er rümpfte die Nase und schüttelte den Kopf. „Also, du kannst zumindest nicht auf diesem Berggipfel versauern. Lass mich dich von hier wegbringen."

„Nein, ist schon in Ordnung, Drake …"

Noch bevor ich den Satz zu Ende sprechen konnte, hatte er mich hochgehoben und flitzte in atemberaubender Geschwindigkeit den Hang hinunter. Panisch hielt ich Merlin umklammert, um ihn nicht fallen zu lassen.

„Hier ist es doch nett", sagte Drake, als er mich kurze Zeit später wieder absetzte.

Ich hielt weiterhin fest die Augen geschlossen. Es dauerte eine Weile, bis die Welt um mich herum aufhörte, sich zu drehen.

Nachdem ich noch einmal tief Luft geholt hatte, öffnete ich ein Auge und schwankte leicht.

Drake stützte mich mit einer Hand, während ich meinen bewusstlosen Kater noch immer in den Armen hielt.

„Du hast mich zurück nach Nocturna gebracht", stellte ich fest.

Er zuckte mit den Achseln. „Schien mir ein ganz guter Ort zu sein."

Wir sahen uns um. Auf der anderen Straßenseite spazierte ein Pärchen älterer Himalayakatzen vorbei, ansonsten war niemand unterwegs.

„Entschuldigung", rief ich ihnen zu. „Dürfte ich Sie um einen Gefallen bitten?"

Sie hielten an und musterten mich aus großen Augen.

„Könnten Sie meinen Freunden zurück auf die andere Seite helfen?"

„Natürlich, wir helfen gerne", erwiderte das Weibchen mit einer niedlichen, quietschenden Stimme. „Unser Haus liegt gleich am Ende der Straße. Treffen wir uns doch zehn Minuten vor Sonnenuntergang wieder hier. Wir bereiten einstweilen das Portal vor."

„Vielen Dank", sagte ich und neigte den Kopf. Mist, daran hatte ich gar nicht mehr gedacht.

Das Pärchen verabschiedete sich und ging weiter seines Weges.

„Sie können euch von hier fortbringen, aber leider erst später. Die Portale öffnen sich nur bei Nacht", erklärte ich Drake. Immerhin hatte ich noch ein wenig Gesellschaft, bis ich mich in meinem neuen Leben ganz allein zurechtfinden musste.

Wir warfen beide einen Blick gen Himmel, wo die Sonne am höchsten Punkt stand.

Drake lächelte mich an. „Na ja, keine schlechte Art, die Zeit zu verbringen, vor allem, da ich in meinem unsterblichen Leben viel zu viel davon habe."

„Bist du wirklich unsterblich?", fragte ich, während wir die verlassenen Straßen Nocturnas entlangschlenderten. Scheinbar hatten sich sämtliche Bewohner bereits ins Bett verzogen.

„Natürlich gibt es noch Arten, auf die ich sterben kann. Allerdings nicht sehr viele. Für gewöhnlich leben Vampire schon ziemlich lang." Er vergrub die Hände in den Hosentaschen und seufzte tief.

„Wie fühlt es sich an, ein Vampir zu sein?"

Er zuckte mit den Achseln. „Zuerst war es ein ziemlicher Schock, aber mittlerweile habe ich mich daran gewöhnt."

„So schnell? Du hast es doch erst gestern herausgefunden."

„Ja schon, aber anscheinend bin ich bereits seit ein paar Jahren einer. Weißt du noch, als ich dir von meiner Begegnung mit dem Gespenst erzählt habe?"

Ich nickte gebannt.

„Ich glaube, in dieser Nacht ist es passiert. Fluffikins und sein Team helfen mir, mich an alles zu erinnern. Ihrer Meinung nach ist das der Schlüssel, um herauszufinden, warum ich so anders bin." Er runzelte die Stirn, setzte dann aber sofort wieder eine gleichgültige Miene auf.

„Du warst doch schon immer anders", sagte ich mit einem Lachen.

Er grinste ebenfalls, aber ich bemerkte, wie halbherzig der Versuch war. „Mag sein, aber ich glaube, das meinten sie nicht. Ich kann Dinge tun, zu denen Vampire normalerweise nicht in der Lage sein sollten."

„Wie etwa durchs Feuer zu gehen?"

„Unter anderem." Wieder zuckte er mit den Schultern. „Ich weiß auch nicht. Über mich gibt es noch einiges herauszufinden."

Ich würde ihm so gerne helfen, wusste aber nicht, wie. Hier in Nocturna konnte ich nichts weiter tun, als ihm zuzuhören, und ihm das Beste wünschen, sobald er weg war. Daran musste ich mich noch gewöhnen ... an den Gedanken, dass meine Freunde und Familie ihr Leben ohne mich fortführen würden, ohne zu wissen, was mit mir geschehen war ...

Plötzlich vibrierte mein Handy in meiner Tasche.

„Was? Ich habe in dieser Dimension Netz?" Ich zog das Telefon heraus und sah, dass Kelley anrief.

„Da muss ich rangehen", sagte ich zu Drake, bevor ich den Anruf annahm. „Hallo?"

26

„Gracie!", brüllte Kelley in den Hörer. „Du wirst nie erraten, was passiert ist!"

Ich schaltete den Lautsprecher ein, sodass Drake mithören konnte, hob aber einen Finger an die Lippen, um ihm zu bedeuten, dass er den Mund halten sollte. Kelley durfte auf keinen Fall erfahren, dass wir zu so früher Stunde zusammen waren. Natürlich war zwischen uns nichts vorgefallen, aber ich konnte Kelley unmöglich die Wahrheit erzählen, und ich war zu erschöpft, um mir eine glaubwürdige Lüge auszudenken.

„Was denn?", fragte ich mit gespieltem Interesse.

„Also, gestern Nacht konnte ich nicht einschlafen, weil ich mir solche Sorgen um Drake und mich gemacht habe", begann sie.

Als sie pausierte, um Luft zu holen, fiel ich ihr ins Wort, um Drake zu verteidigen. „Kelley, ich habe dir doch schon gesagt, ihr beide …"

„Nein, hör zu, das ist jetzt nicht weiter wichtig. Also, eigentlich schon, aber deshalb rufe ich nicht an." Sie hielt kurz inne, um erneut tief durchzuatmen, und fuhr dann fort: „Weil ich nicht schlafen konnte, bin ich spazieren gegangen, um ein wenig frische Luft zu schnappen, und da habe ich, glaube ich, deine Katze gefunden!"

Ich sah hinunter auf Merlin, der noch immer in meinem Arm lag. „Wirklich? Aber er ist hier bei mir."

„Okay, aber du hattest doch zwei Katzen, oder nicht? Den großen, braunen Flausch und die kleine Weiße."

Ich schnappte nach Luft. „Hast du etwa Luna gefunden?"

„Da bin ich mir ziemlich sicher. Warte, ich schicke dir ein Bild."

Mein Handy vibrierte, und ich öffnete die eingehende Nachricht. Tatsächlich, da starrten mir Lunas hellblaue Augen entgegen.

„Ein besseres Foto konnte ich leider nicht schießen", sagte sie, während ich es betrachtete.

„Geht es ihr gut?", fragte ich verzweifelt. „Ist sie bei dir?"

Kelley gähnte laut, als wolle sie mir beweisen, wie müde sie war. Da war sie allerdings nicht die Einzige.

„Ich habe die ganze Nacht versucht, dich zu erreichen", erklärte sie schläfrig. „Aber erst jetzt bin ich durchgekommen. Wo warst du denn?"

Auf dem Gipfel eines Berges, wo ich unter anderem gegen einen Drachen gekämpft habe.

„Äh, das ist jetzt nicht wichtig", sagte ich. „Geht es Luna gut?"

„Ja, ich glaube schon. Sie sitzt in meinem Brunnen fest, also bin ich mir nicht ganz sicher, aber sie miaut laut vor sich hin. So wurde ich überhaupt aufmerksam auf sie."

Ich konnte mir bildlich vorstellen, wie Kelley gerade über den Brunnen gebeugt stand und auf meine Katze hinunterblickte. Zum Glück hatte sie Luna gefunden. Merlin würde unglaublich erleichtert sein, wenn er aufwachte.

„Kelley, du musst sie unbedingt da rausholen", rief ich und wurde von einer vorbeilaufenden Schildpattkatze mit einem missbilligenden Blick taxiert.

„Ich habe bereits die Feuerwehr angerufen", erzählte mir meine Freundin. „Die holen Katzen aus Bäumen, warum also nicht auch aus Brunnen? Sie wollen vorbeischauen, sobald sie Zeit haben. Solange hänge ich hier rum und warte. Zum Glück habe ich mir heute sowieso freigenommen. Wann kommst du denn vorbei?"

Ich ließ das Handy sinken und schluckte schwer. Eine Welle von Übelkeit übermannte mich. Was sollte ich ihr nur antworten? Ich würde nie wieder bei ihr vorbeikommen können, da ich auf ewig in Nocturna gefangen war. Aber wie sollte ich ihr das erklären?

„Ich komme, so schnell ich kann", presste ich hervor, bevor ich den Anruf beendete.

„Luuunaaa", stöhnte Merlin und drehte sich in meinen Armen um.

„Es geht ihr gut. Kelley hat sie gefunden", erzählte ich ihm mit einem strahlenden Lächeln. Ich freute mich so sehr, dass der kleinen Familie nichts zugestoßen war, auch wenn ich nicht länger mein Leben mit ihnen würde teilen können.

„Wir müssen sofort zurück", sagte Merlin beharrlich und tippte mich mit seiner Pfote an. „Lass mich runter. Ich muss zu Luna."

„Aber es ist mitten am Tag. Wir sitzen bis zum Sonnenuntergang hier in Nocturna fest", informierte ich ihn, während ich ihn absetzte. Zum Glück war er wieder bei Bewusstsein. Zumindest darüber musste ich mir nicht mehr den Kopf zerbrechen.

„Hey, das Ding funktioniert doch, oder?", fragte

Drake und deutete auf mein Handy. Mit der anderen Hand zog er sein eigenes Telefon heraus und warf einen Blick auf sein Display.

„Kein Empfang", sagte er und wedelte mir mit dem Ding vor dem Gesicht herum. „Erinner mich daran, dass ich zu deinem Anbieter wechsle, sobald wir zurück sind." Erwartungsvoll streckte er mir die Hand entgegen. „Darf ich?"

„Äh, klar doch." Ich reichte ihm das Handy und sah zu, wie er eine Nummer eintippte.

„Es klingelt!"

Jemand nahm ab, und ich hörte eine gedämpfte Stimme am anderen Ende.

Drake strahlte erfreut. „Hey, Tawny. Ich muss dringend mit Fluffikins sprechen."

27

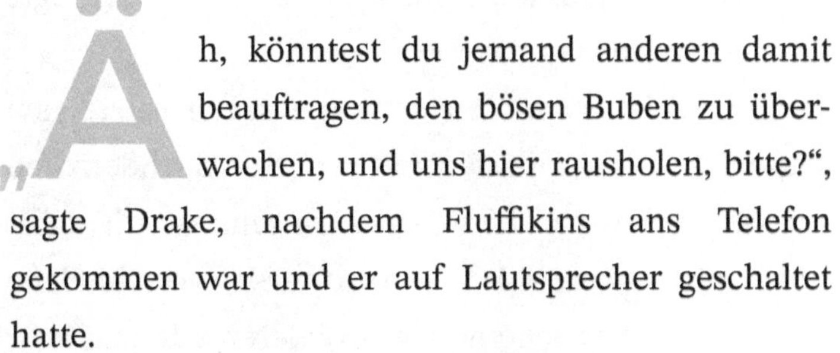

„Äh, könntest du jemand anderen damit beauftragen, den bösen Buben zu überwachen, und uns hier rausholen, bitte?", sagte Drake, nachdem Fluffikins ans Telefon gekommen war und er auf Lautsprecher geschaltet hatte.

„Wo seid ihr denn?", wollte der schwarze Kater in seinem unheimlichen, schlangenartigen Tonfall wissen.

Drake blinzelte und sah sich um, vermutlich, weil er sich an etwas orientieren wollte. „In dieser Stadt, Nocturna. In der Nähe des Marktplatzes. Da steht ein Brunnen."

„Aber Drake", unterbrach ich ihn. „Das Portal öffnet sich nur ..."

Plötzlich erschien Mr Fluffikins in seiner gewohnten rosafarbenen Wolke vor uns.

Drake beendete den Anruf und reichte mir mein Handy zurück.

Mir klappte vor Überraschung die Kinnlade herunter. „Das verstehe ich nicht. Wie kann das sein?"

„Die Magie deines Katers ist anders als meine", erklärte Fluffikins, als wäre das ganz offensichtlich. „Für uns gelten unterschiedliche Regeln."

„Ist seine deshalb grün und deine rosa?", fragte ich, immer noch ein wenig verwirrt.

„Ja, so in etwa." Der schwarze Kater setzte sich auf das Kopfsteinpflaster und peitschte nachdenklich mit dem Schwanz. „Um ehrlich zu sein, ist mir selbst noch nicht ganz klar, wie so viele verschiedene Magieformen nebeneinander existieren können, aber ich werde nicht ruhen, bis ich es herausgefunden habe."

„Gibt es denn außer unseren noch weitere?", fragte Merlin, der zu meinen Füßen saß.

„Allerdings. Deine Magie entstand vor über tausend Jahren in England. Meine ist sogar noch älter, so alt wie diese Welt selbst, wenn nicht noch altehrwürdiger." Er grinste breit. Offensichtlich erfüllte ihn die Seniorität seiner magischen Fähigkeiten mit Stolz.

„Was gibt es denn sonst noch da draußen?“, fragte ich und kniete mich neben Merlin nieder, um ihn zu kraulen.

„Keine Ahnung, aber das werde ich, wie gesagt, schon noch herausfinden. Sobald ich meine Nachfolgerin entsprechend ausgebildet habe …“

„Tawny“, warf Drake mit einem verklärten Grinsen ein. Da war wohl jemand verknallt. Das war keine gute Nachricht für Kelley, aber andererseits würde die Beziehung wohl sowieso nicht mehr allzu lange halten, jetzt, da Drake von seinem übernatürlichen Status wusste.

„Richtig. Sobald Tawny meinen Posten als Diplomatin für die Peach-Plains-Region einnimmt, werde ich um die Welt reisen, um alles über die verschiedenen Magiesysteme und ihre Beziehung zueinander zu lernen.“

„Heißt das, du kannst Gracie von hier wegbringen?“, fragte Merlin. Erst jetzt bemerkte ich, dass seine ehemals grünen Augen nun honigbraun waren. Die Magie in ihm war erloschen, weil er sie geopfert hatte.

„Ich kann es versuchen“, erwiderte Fluffikins mit

einem Nicken. „Stellt euch alle dicht um mich herum und legt mir eine Hand auf."

Wir bildeten einen Kreis um ihn und folgten seiner Aufforderung.

Ein rosafarbener Nebel umhüllte uns, und als er sich wieder lichtete, stand ich allein auf dem Kopfsteinpflaster.

Wenige Sekunden später kehrte Fluffikins zurück.

„Tut mir leid, Gracie", sagte er. „Anscheinend bist du an das Magiesystem von Nocturna und seine Regeln gebunden."

Mir stiegen die Tränen in die Augen, doch ich versuchte, mich zusammenzureißen. „Ich verstehe."

„Deine Freunde können dich ja immer noch hier besuchen", tröstete er mich.

Ich nickte traurig. „Ich weiß."

„Und ich werde bei meinen Nachforschungen nach einem Weg suchen, um dich wieder in die Welt der Menschen zurückzubringen."

„Danke", murmelte ich.

Mr Fluffikins warf mir noch einen letzten trübseligen Blick zu, bevor er endgültig verschwand.

So ganz allein wurde mir erst bewusst, wie erschöpft ich war. Die letzte Nacht hatte ich aufgrund des Kampfes um Leben und Tod kein Auge zugetan.

Ich war so unglaublich müde.

Also legte ich mich mitten auf der Straße hin und schloss die Augen. Es dauerte nicht lange, bis ich in meine ganz eigene Welt abdriftete.

28

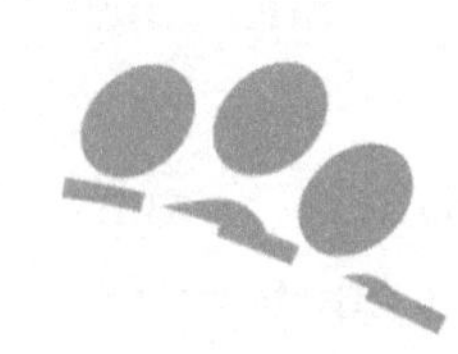

ch wachte auf, als mich eine weiche Pfote in die Seite stupste.

„Merlin?", murmelte ich. „Luna?"

Doch als ich die Augen öffnete, erblickte ich die ältere Himalayakatze von vorhin neben mir sitzen. Sie musterte mich besorgt.

„Willst du immer noch unser Portal benutzen?", fragte sie und stupste mich erneut an.

„Nein, danke." Ich setzte mich auf und rieb mir den Schlaf aus den Augen.

„Geht es dir gut, Liebes? Du siehst ziemlich mitgenommen aus."

Liebes. So nannte mich Luna auch immer. Wenn ich die Augen schloss, konnte ich mir beinahe vorstellen, dass sie und Merlin hier bei mir waren. Aber in Wahrheit war ich ganz allein.

Für immer.

Ich stieß einen kläglichen Seufzer aus und begann, herzzerreißend zu schluchzen.

„Du brauchst etwas Warmes im Bauch. Komm mit", sagte die mitfühlende Fremde und führte mich zu ihrem Haus.

„Leider wirst du nicht reinpassen, aber wenn du kurz wartest, werde ich dir ein wenig Milch rausbringen", versprach sie, bevor sie in ihrer gemütlichen, kleinen Hütte verschwand.

Mit knurrendem Magen wartete ich auf ihre Rückkehr. Die ganze Zeit über war ich so verängstigt, traurig und übermüdet gewesen, dass ich gar nicht realisiert hatte, wie hungrig ich war.

Ich versuchte, mich auf meine Umgebung zu konzentrieren, um nicht an das nagende Hungergefühl zu denken.

Um mich herum erwachte das Städtchen langsam zum Leben. Die Sonne ging bald unter, was bedeutete, dass die Bewohner Nocturnas ihren Tag begannen. Ich beobachtete, wie Katzen aller Rassen und Größen ihre Häuser verließen, um sich auf den Weg wohin auch immer zu machen.

Ein Wurf schwarz-weiß getupfter Kätzchen folgte seiner Mutter mit trippelnden Pfötchen den Gehweg entlang.

Der Anblick entlockte mir ein Lächeln. Mein früheres Leben mochte vorbei sein, aber hier ging alles seinen geregelten Gang. Es gab noch immer Happy Ends und neue Anfänge. Solange ich nicht aufgab, konnte auch ich mir eine glückliche Zukunft erschaffen.

Plötzlich bemerkte ich einen flauschigen, braunen Kater, der ein kleines, weißes Bündel in der Schnauze herumtrug und panisch die Straße hinauf und hinunter flitzte. Als sie näherkamen, erkannte ich, dass das Kätzchen kaum älter als ein paar Tage sein konnte. Es hatte noch nicht einmal die Augen geöffnet.

Ach, du meine Güte. Hoffentlich war alles in Ordnung.

Ich stand auf und klopfte zaghaft an die Haustür des Himalaya-Pärchens. „Entschuldigen Sie, ich glaube, hier geht irgendetwas vor sich."

Das Weibchen fauchte verängstigt und spähte durch das Fenster hindurch. „Was für Schwierigkeiten hast du verursacht?", fragte sie mit weit aufgerissenen Augen.

„Es war keine Absicht. Ich meine, ich habe doch gar nichts …“

„Hat es dir etwa die Sprache verschlagen?“, ertönte Merlins Stimme hinter mir. Er nuschelte zwar ein wenig, aber ich hätte ihn überall erkannt.

Ich wirbelte zu ihm herum. Er war der braune Flauschball gewesen, der eben mit dem Kätzchen in der Schnauze wie ein Wilder umhergerast war.

„Ist das …?“ Meine Stimme brach und ich begann zu weinen.

Merlin nickte.

„Hier, nimm ihn“, murmelte er durch einen Mundvoll Fell.

Ich streckte die Hände aus und er legte das winzige Kätzchen hinein. Zärtlich hob ich es an mein Gesicht.

„Er ist so winzig!“, quietschte ich verzückt. „Wie heißt er denn?“

Merlin hob den Kopf und schnupperte in die Luft. „Er hat noch keinen Namen. Luna und ich mussten uns erst einmal um dringendere Angelegenheiten kümmern.“

„Luna! Geht es ihr gut?“

„Ja, sie hat alles gut weggesteckt. Die Geburt hat sie heldenhaft gemeistert und vier gesunde Kätzchen zur Welt gebracht. Drei Mädchen und den Kleinen hier.“

„Oh!“, schluchzte ich und übersäte das winzige Fellknäuel in meinen Händen mit Küssen. „Danke, dass du ihn hergebracht hast, damit ich ihn sehen kann.“

„Deshalb bin ich nicht hier“, widersprach Merlin und grinste über das ganze Gesicht. „Ich habe ihn hergebracht, um dich nach Hause zu holen.“

Erstaunt richtete ich mich auf. „Wie bitte?“

„Meine geniale Frau hat mich an etwas erinnert.“

„Und das wäre?“

„Du bist an mein Blut gebunden.“

„Ja schon, aber du besitzt keine Magie mehr, weshalb ich hier festsitze.“

„Nein, ich bin nicht mehr magisch, aber ich bin auch nicht länger der Letzte meiner Blutlinie.“

Ich starrte auf das Kätzchen in meinen Händen. „Du meinst doch nicht etwa …“

„Er hat mich hierhergebracht“, erklärte Merlin. „Jetzt wollen wir doch mal sehen, ob er dich mit uns nach Hause transportieren kann. Wir brauchen dich, Gracie. Du gehörst zur Familie.“

Und schon brach ich wieder in Tränen aus.

„Danke für die Hilfe, aber ich muss jetzt gehen“, rief ich der Himalayakatze zu, die noch immer aus dem Fenster spähte. Dann wandte ich mich wieder Merlin zu.

„Lass uns nach Hause gehen", sagte ich, während ich das Kätzchen in der einen Hand hielt und ihn mit der anderen berührte.

„Na endlich. Ich dachte schon, du würdest nie fragen."

29

Zu Hause war alles noch genau so, wie ich es zurückgelassen hatte, mit Ausnahme der vier winzigen, neugeborenen Katzenbabys.

„Ich liebe sie ja so sehr", quietschte ich, als Luna mich den drei Mädchen vorstellte. Sie alle kamen ganz nach Merlin, während der kleine Junge aussah wie seine Mutter.

„Du musst uns helfen, Namen für sie auszuwählen. Merlin und ich können uns auf keinen einzigen einigen", sagte sie und begann, ihre Jungen zu säugen.

„Mit dem größten Vergnügen!"

In diesem Moment schoss Virginia aus der Wand und kreischte: „Buh!"

Die kleinen Kätzchen fiepten erschreckt und schmiegten sich an ihre Mutter.

„Du hast es doch gerade nicht wirklich gewagt, meine pelzigen Nichten und Neffen zu verängstigen, oder?", zischte ich mit einer bisher nicht gekannten Wut.

Virginia kicherte gehässig. „Ich werde noch einen Heidenspaß mit den kleinen Biestern haben."

„Du warst es!", rief ich, als mir plötzlich ein Licht aufging. Hastig sprang ich auf die Füße und stürzte mich auf Virginia.

„Keine Ahnung, wovon du redest", erwiderte sie gelangweilt und schwebte zurück in Richtung Wand.

Doch so einfach wollte ich sie nicht davonkommen lassen. „Du hast uns wochenlang ausspioniert und Dash verraten, wann er sich Luna am besten schnappen kann. Bestimmt hast du ihm auch einen Tipp gegeben, wo er sie verstecken sollte, was? Oder war es purer Zufall, dass sie in Kelleys Brunnen gefangen war?"

„In *meinem* Brunnen. Auf *meinem* Grundstück!", keifte Virginia. „Und was spielt das überhaupt für eine Rolle? Irgendwie habt ihr Dummköpfe es ja geschafft, ihn zu besiegen, da ist es doch egal, ob ich meine Finger im Spiel hatte."

„Mir ist es nicht egal", erwiderte ich erbost. „Vor

allem, weil du jetzt auch noch die Kätzchen verängstigst."

„Ach, hör doch auf so rumzujammern", stichelte Virginia.

Statt ihr zu antworten, zog ich mein Handy hervor und wählte eine Nummer.

„Was tust du da?", fragte unsere ungebetene Mitbewohnerin argwöhnisch.

„Ich rufe den Geisterjäger", verkündete ich mit einem breiten Grinsen.

Nach dem zweiten Klingeln nahm Drake ab. „Was läuft?"

„Hi, Drake. Bist du gerade bei Mr Fluffikins?", fragte ich atemlos.

„Jep."

„Ihr müsstet mir einen Gefallen tun." Schnell erklärte ich ihm die Lage.

„Klar, damit können wir dir helfen", sagte Drake, bevor er auflegte.

Etwa fünf Minuten später erschien er mit Mr Fluffikins und einem alten Mann mit langem, weißem Bart in meinem Wohnzimmer.

Ich schrie auf und stellte mich schützend vor Luna und die Kätzchen. „Dash steht direkt hinter euch!"

Drake starrte mich verwirrt an. „Was? Oh, das ist nicht Dash, sondern ...“

Virginia stieß einen ohrenbetäubenden Schrei aus, der Drakes Stimme übertönte.

Ich sah gerade noch rechtzeitig zu ihr hinüber, um mitzubekommen, wie der alte Typ eine riesige Sense durch die Luft schwang und Virginias körperlose Gestalt darin aufsaugte.

„Was ist da gerade passiert?“, fragte ich gleichermaßen entsetzt und begeistert.

Drake wackelte mit den Augenbrauen. „Du hattest doch Probleme mit einer verirrten Seele, also habe ich meinen Freund, den Sensenmann mitgebracht.“

Dashs Doppelgänger verneigte sich und ging dann in die Küche, um meinen Kühlschrank zu durchforsten.

„Danke!“, rief ich ihm hinterher.

Er hob lässig eine Hand und wandte sich dann wieder dem Inhalt des Kühlschranks zu.

„Er ist nicht sehr gesprächig“, erklärte Drake achselzuckend.

„Kommt schon, ihr beiden. Ich will euch die Kätzchen vorstellen“, sagte ich, griff nach Drakes Hand und zog ihn mit mir.

Mr Fluffikins folgte uns ins Schlafzimmer, wohin

Luna sich mit den Kleinen verzogen hatte. Sie lagen auf einem Nest aus Decken und alter Kleidung.

Kurz darauf gesellte sich auch Merlin zu uns, der von irgendeiner Erledigung zurückkehrte. Um was genau es sich handelte, wusste ich nicht, und ich fragte auch nicht danach.

„Sie sind so winzig", sagte Drake verzückt und ließ sich im Schneidersitz vor Luna und ihren Babys nieder.

„Du hättest sie mal vor ein paar Stunden sehen sollen", entgegnete ich voll Stolz. „Ich schwöre, da waren sie erst halb so groß."

Wir alle setzten uns hin und warteten, bis die Kleinen mit dem Säugen fertig waren.

Der kleine Junge zog sich als erster zurück und robbte ein Stück von seiner Mutter fort. Aber da die Kätzchen noch so jung waren, wagten sie sich nie allzu weit von Luna weg.

Zu meiner Überraschung bewegte sich der kleine, weiße Junior diesmal jedoch zielstrebig durchs Zimmer, bis er gegen Drakes Fuß stieß und leise zu maunzen begann. So wagemutig war bisher jedenfalls noch keiner von ihnen gewesen.

Drake lachte und hob ihn hoch.

„Äh", sagte er, nachdem er das winzige Fellknäuel betrachtet hatte. „Warum hat er denn rote Augen?"

Ich lachte. „Sei nicht albern, die Kätzchen öffnen ihre Augen erst in ungefähr einer Woche."

Wortlos drehte er den kleinen Kater zu mir um, sodass ich sein Gesicht sehen konnte. Und tatsächlich funkelte er mich aus glühend roten Augen an.

„Hm, das ist aber kein gutes Zeichen", stellte Fluffikins fest.

30

Während der nächsten Woche kamen Drake und Mr Fluffikins jeden Tag vorbei. Angeblich wollten sie nur sehen, wie wir nach dem großen Kampf gegen Dash zurechtkamen, aber es war mehr als offensichtlich, dass sie den kleinen Katzenjungen mit den roten Augen überwachten.

Seine Schwestern hatten die Augen noch nicht geöffnet und robbten die meiste Zeit nur um Luna herum. Er jedoch sprang und raste schon munter durch die Gegend. Seine Lieblingsbeschäftigung war es, den Laserpointern nachzujagen, die ich aus dem Tiergeschäft besorgt hatte. Seltsamerweise gelang es ihm jedes Mal, den roten Punkt zu erwischen und dabei die Batterie des Geräts zu versengen.

Und einmal, als er niesen musste, beschwor er versehentlich einen Minitornado im Haus herauf!

Als er begann, Luna während des Säugens zu beißen, sodass sich die Milch mit Blut vermischte, wussten Merlin und ich, dass es an der Zeit war zu handeln.

Beim nächsten Besuch unserer Freunde aus Beech Grove ließen wir Drake bei Luna und den Kätzchen zurück, um im Garten mit Mr Fluffikins zu sprechen.

„Was geht da mit meinem Sohn vor sich?“, wollte Merlin wissen.

„Er ist ein Vampir“, erklärte der schwarze Kater nüchtern.

„Er ist ein Magier“, widersprach mein Maine Coon und stampfte verärgert mit den Hinterpfoten auf. Zwar konnte er nicht länger Blitzgewitter heraufbeschwören – oder sonstige Naturereignisse –, aber trotzdem verfiel er manchmal noch in alte Angewohnheiten.

„Ich glaube, er ist beides“, mischte ich mich ein. Die zwei Kater starrten mich an. „Meiner Meinung nach ist irgendetwas passiert, als Drake und er das erste Mal aufeinandertrafen. Zwischen ihnen besteht eine Verbindung.“

„Und jetzt ist Drake sein Vertrauter?“, fragte

Merlin bestürzt.

„Da bin ich mir nicht so sicher, aber es könnte doch sein", sagte ich.

Merlin ignorierte mich und wandte sich an Fluffikins. „Als du neulich herkamst, um Drake einzusammeln, hast du doch gesagt, dass Vampire kein Blut mehr trinken würden, dass es ein veraltetes Verhalten sei. Aber warum tut mein Sohn es dann?"

Mr Fluffikins räusperte sich. „Das gilt nur für menschliche Vampire."

„Was ist mit Vampirkatzen?"

Der schwarze Kater schüttelte seufzend den Kopf. „Keine Ahnung. So etwas hat es noch nie zuvor gegeben."

Auf seine Worte folgte betretenes Schweigen.

„Wird mit dem Kleinen alles in Ordnung sein?", fragte ich schließlich.

Fluffikins nickte. „Er ist sehr stark und entwickelt sich viel schneller als gewöhnliche Katzen. Das ist euch ja sicher auch schon aufgefallen."

Merlin und ich nickten ebenfalls.

„Ich sage das zwar nur ungern, aber ihr müsst ihn gehen lassen. Vertraut ihn Drakes Obhut an. Die beiden müssen zusammen sein."

Merlin richtete den Blick gen Himmel. „Aber wie

soll ich dann wissen, ob es ihm gut geht?", fragte er mit erstickter Stimme.

Fluffikins tätschelte ihm mitfühlend die Pfote. „Keine Sorge, ich verspreche, dass ich die beiden wie mein eigen Fleisch und Blut behandeln werde."

Mein Kater wandte sich mir zu. „Das wird Luna gar nicht gefallen."

„Ich weiß", erwiderte ich mit einem traurigen Lächeln. „Mir gefällt es auch nicht. Aber ich kann es verstehen."

„Ich ja auch. Am besten, ich rede allein mit ihr." Abrupt drehte er sich um und flitzte durch die Katzenklappe zurück ins Haus.

Wenige Augenblicke später gesellte Drake sich zu uns.

„Wie ich hörte, hast du mit Kelley Schluss gemacht", sagte ich beiläufig, weil mir das Thema einfacher erschien als diese ganze Vampir-Geschichte. Vor ein paar Tagen hatte sie sich bei mir ausgeheult, während wir gemeinsam Eiscreme löffelten und uns schnulzige Filme auf Netflix ansahen.

„Es war das Richtige", erklärte er. „Versprich mir, dass du ihr hilfst, einen anständigen Kerl zu finden. Einen, der sie verdient."

„Natürlich!" Zwar hatte sich in der letzten Woche viel verändert, aber Kelley zählte noch immer zu meinen engsten Freundinnen.

„Ich werde umziehen", fügte Drake leise hinzu. „Nicht nach Beech Grove, sondern in eine ganz neue Stadt."

„Es gab eine offene Position als Stadtvampir", erklärte Mr Fluffikins. „Ich habe für ihn gebürgt."

„Wow, Glückwunsch! Du und dein Kater werden dort bestimmt viel Spaß haben." Ich war zu traurig über die Trennung von dem Kätzchen, um ihm ein aufrichtiges Lächeln zu schenken.

Verwirrt sah Drake zu Fluffikins.

„Du und der Kleine seid untrennbar miteinander verbunden. So wie Gracie und Merlin", erläuterte dieser.

Das stimmte. Obwohl Merlin seine Magie geopfert hatte, war ich noch immer an ihn und seine Familie gebunden. Und es war unschwer zu erkennen, dass Drake und sein neuer Begleiter zusammengehörten.

„Na, dann habe ich zumindest einen Freund bei mir."

„Wie wirst du ihn nennen?", fragte ich. Es gefiel mir nicht, dass die Kätzchen nun schon über eine

Woche alt waren und immer noch keine Namen hatten.

„Hmmm." Drake dachte einen Moment lang nach, dann grinste er spitzbübisch. „Da er ja ebenfalls ein Vampir ist, nenne ich ihn wie den einen Typen aus Twilight."

Ich lachte laut auf, was Drake nur noch mehr anstachelte.

„Ja, auf jeden Fall. Er soll Jacob heißen", verkündete er.

Ich brachte es nicht über mich, ihm zu erklären, dass Jacob eigentlich der Werwolf war. Drake wirkte so stolz wegen seines Einfalls.

Merlin kam wieder heraus und nickte uns grimmig zu. „Luna versteht die Situation. Aber ihr müsst ihr versprechen, dass wir ihn ab und zu besuchen dürfen."

„Na klar!", rief Drake. „Ihr könnt jederzeit vorbeikommen. Im Ernst, wann immer ihr wollt!"

„Dann sollten wir uns jetzt besser auf den Weg machen, bevor die Mutter ihre Meinung doch noch ändert", drängte Fluffikins.

Gemeinsam gingen wir zurück ins Schlafzimmer, um uns zu verabschieden.

„Mach's gut, Jacob!", rief ich, bevor Fluffikins,

Drake und das kleine Vampirkätzchen in einer Wolke aus rosafarbener Magie verschwanden.

Luna blinzelte verwirrt. „Jacob? Seit wann heißt er denn so?“

„Drake hat ihn gerade getauft“, erklärte ich beinahe ein wenig zerknirscht.

Sie seufzte. „Wir sollten den anderen auch endlich Namen geben, Liebling.“

Merlin nickte. „Aber zuvor habe ich noch eine Bitte an Gracie.“

„Klar, egal was es ist. Du weißt, ich würde alles für euch tun.“ Ich setzte mich auf den Boden, um meinen Katzen näher zu sein.

Merlin rollte sich auf meinem Schoß zusammen und starrte mich aus seinen großen, goldbraunen Augen an. „Als ich meine Magie aufgab, habe ich dich von deinen Pflichten als Vertraute befreit. Es war der einzige Weg, um dich zu retten. Aber du musst wissen, dass du die beste Vertraute warst, die ein Zauberer sich wünschen konnte. Ich liebe dich und bin so dankbar, dass wir einander begegnet sind.“

„Ich liebe dich auch, Merlin“, erwiderte ich mit Tränen in den Augen.

„Gracie, würdest du mir dabei helfen, ebenso wunderbare Vertraute für meine Kinder zu finden?

Natürlich wird das keine einfache Aufgabe werden, aber ich wünsche mir für sie nur die Besten, so wie auch ich die B..."

„Merlin", unterbrach ich ihn. „Nimm mich. Ich liebe eure Kätzchen als wären sie mein eigen Fleisch und Blut. Und ich werde ihnen ebenso zuverlässig dienen, wie ich dir gedient habe. Auf diese Weise bleiben wir eine große Familie. Das heißt, wenn es für dich in Ordnung ist."

Merlin und Luna wechselten einen liebevollen Blick.

„Ach, Liebes, wir haben dich wirklich nicht verdient", schluchzte sie dann. „Aber ich bin so glücklich, dass du ein Teil unseres Lebens bist."

„Ja, auch Daisy, Rosie und Honey können sich glücklich schätzen", fügte Merlin hinzu und beugte sich vor, um sein Gesicht gegen Lunas zu reiben.

Sie strahlte ihn an. „Heißt das ...?"

„Ich weiß, wie schwer es für dich war, unseren kleinen Jungen gehen zu lassen. Deshalb bin ich einverstanden, dass wir den Mädchen die Namen geben, die du für sie ausgewählt hast. Mittlerweile gefallen sie mir sogar richtig gut."

Erfreut begannen sie, einander abzulecken und ich verließ das Zimmer, um der jungen Familie etwas Privatsphäre zu gönnen.

Ich gehörte auch zu dieser Familie und würde sie alle mit meinem Leben beschützen.

So hatte ich mir meine Zukunft zwar nicht ausgemalt, aber ich nahm mir fest vor, jede Sekunde davon zu genießen.

Mein Name ist Gracie Springs, und ich besitze keine Zauberkräfte. Aber mein Leben steckt trotzdem voller Magie.

MEHR BÜCHER ZUM LESEN

Mein Name ist Tawny Bigford. Ich bin fünfunddreißig Jahre alt, Single und liebe heiße Duschen. Nachdem ich meinen Morgen unter der eiskalten Brause starten musste, marschierte ich hinüber zum Haupthaus meiner Vermieterin, um mich über die Wassersituation zu beschweren. Doch dort fand ich nur ihre Leiche vor.

Nun glaubt jeder, ich hätte etwas mit ihrem Tod zu tun … Das war so ganz und gar nicht der erste Eindruck, den ich bei den neuen Nachbarn hinterlassen wollte! Aber wie soll ich meine Unschuld beweisen, wenn ich kaum etwas über die Frau weiß, die ich angeblich umgebracht haben soll?

Dann erfahre ich auch noch, dass sie die offizielle Stadthexe von Beech Grove war. Ihr ehemaliger Vorgesetzter – ein vorlauter schwarzer Kater namens Mr Fluffikins – hat mir eröffnet, dass ich ihre magischen Aufgaben übernehmen muss, bis der Mörder gefasst und zur Rechenschaft gezogen wurde.

Ob es mir gefällt oder nicht, ich arbeite jetzt als Aushilfe für die Agentur für Paranormale Zeitarbeit. Also muss ich den Mord an meiner Vermieterin aufklären, mich mit meinen neugewonnenen Kräften vertraut machen und nebenbei auch noch in einer fremden Stadt Fuß fassen.

Kinderspiel für eine Aushilfshexe wie mich!

Hole dir noch heute dein persönliches Exemplar und fange direkt an zu lesen.

Viel Spaß!

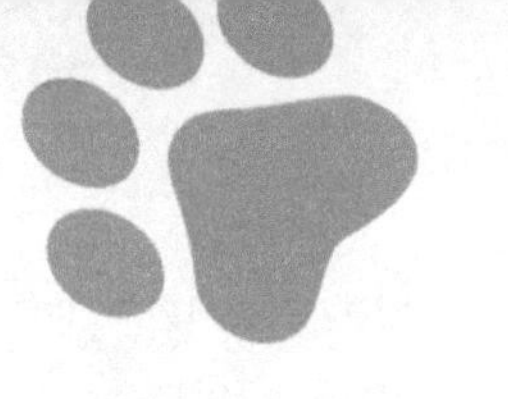

KURZE VORSCHAU
EINE HEXE FÜR ALLE GELEGENHEITEN

„Aaaaaaaaaaah!" Ein Aufschrei entriss sich meiner Brust, als ich mit einem Sprung vor dem eiskalten Strahl, der aus dem alten Duschkopf sprudelte, flüchtete.

Normalerweise liebte ich es, meinen Morgen mit einer ausgiebigen und dampfend heißen Dusche zu beginnen, während der ich meinen Gedanken nachhing und sie schließlich zu einer Art Plan für den Tag zusammenfügte. Doch seit ich vor ein paar Wochen nach Beech Grove gezogen war, hatte ich Glück, wenn ich überhaupt fünf Minuten lang warmes Wasser hatte, bevor der Boiler den Geist aufgab und ein bösartiger Strahl aus flüssigem Eis meine gute Laune ruinierte.

„Das war's!", rief ich, während ich den Wasserhahn abdrehte. Meine Vermieterin würde heute etwas von mir zu hören bekommen, ob es ihr gefiel oder nicht.

Die alte Mrs Haberdash hatte mir ihrerseits sehr sorgfältige Anweisungen gegeben, als ich den Vertrag unterschrieb, um das kleine Gästehaus am hinteren Rand ihres Hanggrundstücks anzumieten. Obwohl sie im Haupthaus wohnte, nur einen kurzen Spaziergang entfernt, sollte ich sie dort niemals besuchen. Alles, was ich brauchte, könne ich per Telefon, oder besser noch – *zumindest ihrer Meinung nach* –, mit einem altmodischen Brief klären.

Aber klar. Nee, sicher nicht.

Ich hatte versucht, es auf ihre Art zu machen, aber bis jetzt waren alle meine Versuche, Hilfe bei den Sanitäranlagen zu bekommen, unbeantwortet geblieben, und leider hatte eine unbrauchbare Dusche eine unbrauchbare Mieterin zur Folge. Ich hatte versucht, nach ihren Regeln zu spielen und es war nach wie vor nichts passiert. Jetzt war es an der Zeit, nach meinen Regeln zu spielen.

Immer noch nass, steckte ich meine eingeseiften Haare zu einem Dutt hoch, um sie von den Schultern zu halten, warf mir ein Etuikleid über, zog Flip-Flops an und machte mich auf den Weg, endlich meine apathische Vermieterin zu konfrontieren.

Ich denke, jetzt wäre ein guter Zeitpunkt, um mich vorzustellen.

Mein Name ist Tawny, Tawny Bigford. Tawny ist die Kurzform von *Tanya,* ein Name, den ich hasse, seit Tanya Mills mir in der zweiten Klasse bei einem Rechtschreibtest einen Kaugummi ins Haar geklebt hat. Also bin ich jetzt Tawny.

Ich bin fünfunddreißig, liebe meine Duschen – wie Sie bereits wissen – und bin wunderbarerweise, glücklich und ganz bewusst Single.

Okay, ich hatte mal einen Mann. George war sein Name. Aber einige Jahre nach unserer Heirat beschloss er, dass er viel lieber mit einer Mutter vom Lehrer- und Elternverband namens Patricia zusammen wäre.

Eine Mutter vom Lehrer- und Elternverband!

Angeblich begegneten sie sich eines Nachmittags vor der örtlichen Mittelschule, und es war Liebe auf den ersten Blick. Warum George überhaupt dort war, werde ich nie verstehen. Es ist ja nicht so, dass wir eigene Kinder hätten oder es einen anderen Grund gäbe, warum er sich genau zur falschen Zeit am falschen Ort befand.

Aber es ist nun einmal passiert und hat unser aller Leben verändert.

Ehrlich gesagt, wäre es mir lieber gewesen, er

wäre mit seiner jüngeren, hübscheren Sekretärin durchgebrannt. Dann könnte ich mich wenigstens über das Klischee beschweren.

Aber er und Patricia, die zwei Jahre älter ist als er, sind widerlich glücklich miteinander. An den meisten Tagen tue ich einfach so, als gäbe es die beiden nicht.

Okay, ich klinge vielleicht *ein bisschen* verbittert. Und ich lebe vielleicht allein in einem angemieteten Gästehaus, aber – enttäuschend kalte Duschen außen vor – ich liebe mein Leben wirklich. Im Grunde schreibe ich zwei Bücher pro Jahr, schicke sie im Tausch für einen Gehaltsscheck an meinen Verlag und mache dann mit dem Rest meiner Zeit, was ich will.

Ja, ich könnte mehr schreiben, um mehr zu verdienen, aber warum? Es reicht mir völlig, genügsam zu leben, weil das bedeutet, frei zu sein. Und deshalb habe ich mehr Hobbys, als ein Mensch allein wahrscheinlich jemals haben sollte.

Aber ich schweife ab ...

Dies war nicht die Zeit, um über meine Hobbys zu ratschen, sondern um Mrs Haberdash zu konfrontieren und eine Versorgung mit heißem Wasser einzufordern, die länger als fünf Minuten pro Tag anhielt. Es war schließlich ein einfaches und grundlegendes Bedürfnis.

Als ich nun vor ihrer Tür stand, holte ich tief Luft, um meine Wut zu besänftigen, und klopfte vorsichtig an.

War nur ein Scherz, ich hämmerte mit aller Wut, die ich in mir hatte, gegen die Tür.

Als niemand antwortete, begann ich zu schreien. „Ich weiß, dass Sie da drin sind! Und ich muss mit Ihnen reden!"

Immer noch nichts, also versuchte ich es mit dem Türknauf und war überrascht, dass dieser sich öffnen ließ, wenn man bedachte, wie sehr die Frau ihre Privatsphäre schätzte.

Ich stieß die Tür auf und stürmte hinein, bereit, mit der alten Mrs Haberdash Tacheles zu reden.

Unglücklicherweise hatte ich bei meinem rechtschaffenen Eintritt nicht auf meine Füße geachtet. Ich hatte nicht gedacht, dass ich das müsste, aber etwas Großes und Schweres lag gleich hinter der Schwelle auf dem Boden, und ich knallte direkt dagegen, verlor das Gleichgewicht und plumpste in einem ungeschickten Gewirr von Gliedmaßen zu Boden.

Nicht nur meine eigenen, sondern auch jene von Mrs Haberdash. *Oh .... ha.* Mein Magen drehte sich mit einer schmerzhaften Gewissheit um.

„M-M-Mrs Haberdash?“, fragte ich, und meine Stimme zitterte vor Schreck, als ich mein Gesicht der alten Frau zuwandte, die auf dem Boden des Eingangsbereichs ausgestreckt da lag.

Ihr Mund war geschlossen, die Augen weit aufgerissen, ihr Körper noch kälter als die Dusche, der ich gerade entkommen war.

Ja, sie war tot, und dank meiner Tollpatschigkeit hatte ich gerade meine DNA überall auf ihrer Leiche verteilt.

Nein, nein, nein! Ich versuchte zu schreien, aber es gelang mir nicht.

Und dabei dachte ich, eine kalte Dusche sei die absolut schlechteste Art, den Tag zu beginnen. Oh, wann würde ich jemals lernen, es gut sein zu lassen?

Hole dir noch heute dein persönliches Exemplar und fange direkt an zu lesen.

ÜBER MOLLY FITZ

Obwohl USA-Today-Bestsellerautorin Molly Fitz genau genommen nicht mit Tieren sprechen kann, führen sie und ihre drei tierischen Co-Autoren oft tiefgründige und lebhafte Gespräche, während sie den alltäglichen Dingen des Lebens nachgehen.

Molly lebt mit ihrem Kind und ihrem eigenen Privatzoo irgendwo in der Wildnis von Alaska. Gelegentlich wagt sie sich hinaus, um ein exquisites Essen zu genießen, einen guten Kaffee zu trinken oder neue Tierfreunde zu treffen.

Erfahre mehr über Molly und ihre deutschen Veröffentlichungen, indem du dich gleich für ihren Newsletter anmeldest:

www.katzengeheimnisse.com

MISS DOLITTLES GEHEIMNIS

Angie Russo hat sich gerade mit dem ersten sprechenden Katzendetektiv von Blueberry Bay zusammengetan. Gemeinsam mit seiner bunt zusammengewürfelten Schar menschlicher und tierischer Helfer ist Octocat fest entschlossen, jede Situation zu retten – solange sie nicht mit seinem persönlichen Zeitplan kollidiert.

Viel Spaß mit Band 1 – **Kommissar Katerchen**

MERLINS MAGISCHE ABENTEUER

Gracie Springs ist keine Hexe ... ihr Kater hingegen schon. Jetzt muss sie alles in ihrer Macht Stehende tun, um sein Geheimnis zu wahren, oder sie riskiert, den Rest ihres Lebens in einem magischen Gefängnis zu verbringen. Zu dumm, dass sie den Ärger geradezu magnetisch anzuziehen scheint!

Viel Spaß mit Band 1 – **Merlin findet eine Vertraute**

AGENTUR FÜR PARANORMALE ZEITARBEIT

Tawny Bigfords gewöhnlich zu nennendes Leben nimmt eine magische Wendung, als sie über die Leiche ihrer Vermieterin stolpert und von einer sprechenden schwarzen Katze rekrutiert wird, die Rolle der Verstorbenen als offizielle Stadthexe von Beech Grove, Georgia, zu übernehmen.

Viel Spaß mit Band 1 – **Eine Hexe für alle Gelegenheiten**

DAS GEISTERHAFTE GÄSTEHAUS (MIT TRIXIE SILVERTALE)

Sydney Coleman hat alles erreicht – und doch steht sie irgendwann vor dem Nichts. Gerade, als sie ihr neues Bed and Breakfast eröffnen will, stellt sich ihr ein Geistertrio auf Schritt und Tritt in den Weg. Die Geister bestehen darauf, dass sie den Mord an ihrer Herrin aufklärt, aber Sydney braucht dringend Geld. Wenn nicht bald ein paar zahlende Gäste eintreffen, ist ihre Spukvilla dem Untergang geweiht.

Viel Spaß mit Band 1 – *Mörderischer Mondschein*

VERBINDE DICH MIT MOLLY

Wenn du ebenfalls ein großer Fan von spannenden, schrägen Tierkrimis bist, sollten wir unbedingt Freunde werden.

Wie wäre es, wenn du direkt einmal meine Facebook-Seite besuchst, die ich speziell für meine treuen deutschen Leser eingerichtet habe? Hier der Link dazu:

Facebook.com/Katzengeheimnisse

Oder melde dich für meinen Newsletter an und sichere dir als Abonnent gratis ein digitales Geschenkpaket, einschließlich einer exklusiven Kurzgeschichte über Octocat:

Katzengeheimnisse.com/Abonnieren